二十四节气的味道

小满妈妈 著

北京联合出版公司
Beijing United Publishing Co.,Ltd.

目 录 · Contents

秋

冬

序言

小满姑娘

小满妈妈

为人父母后，你有没有想过一个问题：到底要怎样去爱你的孩子？

我的姑娘叫小满，因为她出生百日的那天刚好是小满节气，偏生那么巧，二十四节气，独爱小满：小得盈满，长乐未央。所以我就“小满、小满”地叫她，一直觉得盈而未满是种非常智慧的人生哲学，而小满则是一个有福报的好名字。

我的姑娘，我很喜欢。

她的一颦一笑一喜一怒在我眼里皆成风景，你知道什么是“女儿奴”吗？我觉得我整天在完美演绎。我希望她多吃点，可又担心她吃撑了胃；我希望她多运动，可又担心累到了身体；我希望她内心强大，却又担心她经历风雨。

我的妈妈对我说：“你知道吗？孩子是用来祝福的，不是用来担心的。一直担心这个担心那个，孩子的福气都被你担心光了呢。”

唉呀，我的心突然就那么大了。

到底怎样的爱才算是最好的爱？这真是一道没有标准答案的难题。

后来我开始和她一起做饭，她很乐意。我常带着她上菜市场，感受扑面的人间烟火，看着一堆人为生活辛苦努力；我和她一起淘米洗菜，种植小葱小蒜，开始认识食物最自然的样子；我们一起烧菜，冬天守着炉灶上咕嘟咕嘟吐泡泡的砂锅，夏天呲着牙喝下一罐罐自己调制的各种奇怪口味的冷饮。我教她打毛衣，虽然她的针眼松得像一张网，但是她依旧乐此不疲；她跟着我画画，大山大水，蜜蜂蚂蚁，它们都有自己最美的模样。我捏着绣花针刺绣，她捏着塑料针猛扎，我绣的是美图，她绣的是“一塌糊图”，不过这又有什么关系呢？

我祝福她有丰盈的内心，有善于发现美的眼睛，即使生活再单调枯燥也能过得五彩斑斓。希望她独立，能很好地照顾自己。即便一个人，哪怕冰箱里只有一个鸡蛋，也能为自己做一份香喷喷的蛋花炒饭，撒上葱花，配上海盐。还要祝福她成为一个澄清、乐观、内心强大的人，不开心的事忘记快一点，开心的事就记得久一点。

因为这些，便有了《二十四节气的味道》这本书，想把这些跟孩子的普通日常记录下来。感慨现在无论学校教育还是家庭教育，孩子们的生活几乎被知识教育填满了，技能教育基本靠边站了。热爱生活发现美的健康心态，也很少有人在强调。社会传承除了知识，还有很多生活的技能和态度，人生那么丰富多彩，我们的孩子一定要学会好好照顾自己，好好安排自己的生活，健康乐观的生活态度才是非常宝贵的人生财富。

春

Spring

立春 雨水 惊蛰 春分 清明 谷雨

立春

猪油芝麻汤圆

汤圆是家乡鼎鼎有名的美食
不过宁波人不叫汤圆
我们喜欢叫汤团或者汤果

枯草之下零星的绿色
昭示着春天即将来临

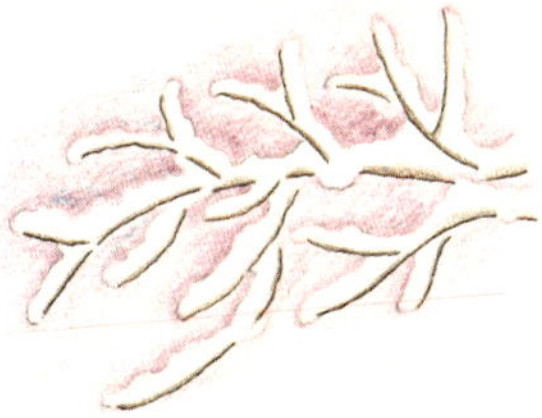

不知从哪儿
飘来阵阵古梅的芳香

从山谷里传来
黄莺和绿啄木鸟的鸣叫

有一株樱花
似小山般繁盛地绽放

拂晓时分
听到了期待已久的杜鹃初啼

合欢在那不为人知的地方
迎着微风绽放

天空蔚蓝如水
蝉儿齐声欢唱

盛夏静谧的午后
树叶纷纷垂下脑袋

夜色中
熠熠生辉的满月冉冉升起

阳光照在一大片芒草上
整座山散发出动人的红光

好像与时间赛跑般
菊花次第绽放

泡柚子汤，饮屠苏酒

静静等候新年到来

汤圆是家乡鼎鼎有名的美食，不过宁波人不叫汤圆，我们喜欢叫汤团或者汤果。

一个个羊脂小白玉盛在青花碗里，一口咬破晶莹软糯的外皮儿，黑色的芝麻馅缓缓流出，满汤匙都是油亮的黑玉，一口下去，芝麻香伴着猪油香，从嘴里一直甜到心底。

如果图方便，猪油芝麻馅可以买现成的，本地最有名的当属老字号缸鸭狗。不过奶奶向来都要自己动手做馅。她总说，上好的猪油才能衬出黑芝麻的香气，才能做成不急不缓的流心。

奶奶熬猪油只用猪膛两边排骨上的板油，猪肠子上挂的油叫花油，出油率和香味都不及板油。板油买来要切成小块，锅里只放少许水打底，开中火，慢慢把猪油逼出来，直到小块的猪油变成油渣，才算好。熬好的猪油冷却后，倒入褐色的土陶

小坛子中，隔天一揭盖子，都凝成奶白色的固体了，凑近一闻，一股特有的猪油香扑鼻而来。

熬好了猪油，就要炒芝麻，奶奶最钟爱山东枣庄的黑芝麻，说那里的水土养的黑芝麻最好，每次都要大费周折地托熟人捎来。黑芝麻入锅切记要小火，拿木勺子均匀翻炒，听到有噼啪声就可以关火，用锅里的余温将芝麻烘熟。待凉凉了拌上绵白糖，一勺勺舀进石臼子，用石杵慢慢地碾成细粉末。小颗粒逐一碾碎，袭人的香气立马就四散开来，我呢，总是忍不住伸手到石臼里捏一小撮往嘴里送，奶奶总是笑我，哪来的长了胡子的野丫头。

研磨好的芝麻和猪油要捏合起劲，成为一块可以切的猪油芝麻馅。而糯米粉用的也是家乡特有的水磨糯米粉，比起一般的糯米粉更细腻柔滑。揉好的糯米团要分成一个个小剂子，食指压在剂子中心，拇指顺势转动，便挤压出一个圆形小坑，填入猪油芝麻馅，糯米皮子一封口就可以放在手心搓圆。外头看上去雪白滚圆的一个团子，殊不知里头却是暗藏乾坤，这汤团的精华都要在咬开外皮后才能领略。

爷爷说过很多次，这叫藏而不露。我们的食物如此，我们的文化更如此。

小时候习字临帖，看到那些又瘦又硬的字就好奇地问爷爷，这是什么体？爷爷告诉我，这叫瘦金体，一笔一画都是突出的棱角，好看是好看，但终究锋芒太盛。

所以爷爷钟爱颜体，一笔一画都平静如练，拙朴大方。他喜欢握着我的手一遍遍在纸上画竖，每一竖都要遒劲有力，圆厚庄严。做人如习字，也要内疏外密、结体方正。

爷爷一直说，老祖宗的智慧真是学不完。

猪油芝麻汤圆

配料

猪板油

黑芝麻

糯米粉

绵白糖

糖桂花

步骤

Step 1
猪板油切小块，
中火入锅，
锅内放少量水打底

Step 2
撩掉猪油渣，凉凉倒入罐中，
猪油冷却结成奶白色固体

Step 3
芝麻小火翻炒，
噼啪作响后关火

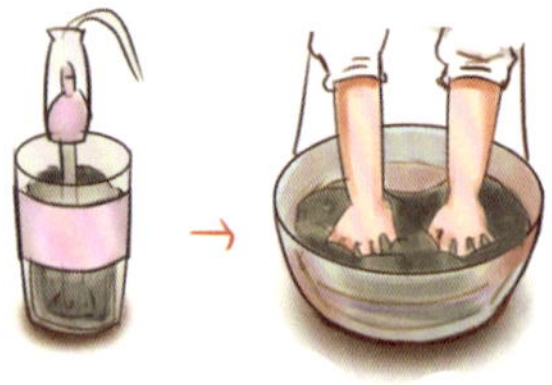

Step 4
炒好的黑芝麻加入绵白糖，放入搅拌机打碎，
和猪油一起捏合起劲做成馅备用

Step 5
糯米粉加水和成面团，
切成小剂子

Step 6
猪油芝麻馅切成小剂子，
揉成小圆粒备用

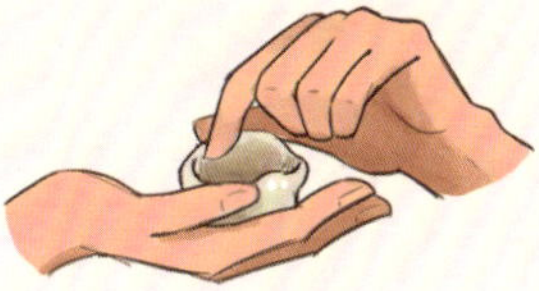

Step 7
左手拿住小剂子，右手食指在
小剂子中心按压，右手大拇指
帮助转动

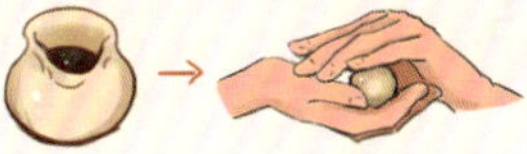

Step 8
将猪油芝麻馅填入，
面团收口，搓圆

Step 9
冷水沸腾后下锅，
中间加一次冷水，
再次沸腾捞出，最后撒上糖桂花，完成

扫一扫，看视频

雨水

梅花杯垫

据说梅花是三度开花
待到第三度开花时 就代表
冬雪落尽 春回大地

趁着这两日晴好的天气，把年里的衣物都洗了，花花绿绿地晒了一露台。手头上这件就是特地请慈城的老张裁缝给小满做的过年新衣。斜襟大红团锦的棉褂子用红丝绒绲了边，还配了同色丝绒的四方扣。团锦花布好看，老张的手艺又好，整件衣服鲜亮得不得了。晾晒的时候，偶然瞥见胸口多了两朵暗红色的梅花，拿近了仔细一瞅，背面衬了约指甲盖大小的碎布，前头又细细地辟了经纬绣了花，密密的长短针脚，看着倒是和这花团锦簇相得益彰。

我给妈妈打电话，电话那头她“扑哧”地笑出声来，说：“我还想着你啥时候才能发现呢。前阵子的事，小满放炮仗烧到了衣裳，瘪着嘴红着眼蹭到我跟前，我瞅着胸口太扎眼，就想办法补上了。小孩子家贪玩，你就装作没发现嘛，小囡囡一直担心挨骂

呢。”我笑道:“这般狡猾,知道找靠山呢。”妈妈听了哈哈一笑道:“这狡猾倒是随你。”

天底下的外婆，十有八九都是小时候最好的靠山吧。

记得我小时候，凡是闯了祸犯了错总是先找外婆。外婆一定会兜着，边搂着我边乐呵呵地说，别怕别怕，有外婆在呢。

有回妈妈花了好长时间为我打了套全毛的线衣线裤，鹅黄色的底配了橘色的条纹，我高高兴兴地穿去幼儿园，中午睡觉的时候百无聊赖，就摸索着这件新衣服玩。不知怎的就扯到了裤子里的线头，然后尴尬的事情发生了，线头越拉越长，我居然鬼使神差地越拉越兴奋。外婆来接我的时候，老师把一团毛线和一个耷拉着脑袋只穿着一条裤腿的我交给了她。

在路上行人的注目礼下，外婆把垂头丧气的我领回了家。

我不断央求外婆，晚上又赖着不肯回自己家。外婆只好挑灯

夜战，把被我拆掉的裤腿重新织回去。可是我拉断了好几根线，接回去还是少了一段。我的巧手外婆就把衣服的锁边拆下来补裤子，之前的锁边改成了镂空的梅花边。虽然衣服短了些，看着却更俏皮漂亮了。早上醒来，床头柜子上搁着叠得整齐的衣裤，我穿上得意地在衣柜的落地镜前左照右照。外婆乐滋滋地看着我，又变戏法般地掏出一朵毛线钩的小花，“这是用被你拉断的毛线钩的，给我囡囡扎头发最好了。”我的外婆，你一定是仙女吧。

和妈妈挂了电话，就给那几株梅花换了水。前几日去慈城小姨家，特意在院子里剪的。那梅还是外婆在时插的品字梅，凛然中又带点娇俏，阳光温柔地照着，光影里倒生出几分眉黛春衫的暖意。外婆说东西用久了，就会带上人的脾性，而她种的花，也像极了她的性情。

我的仙女外婆，你的囡囡可真想你啊。

梅花杯垫

材料

不织布

棉麻布
（花布 / 纯色）

绣绷

绣线

棉线

针

剪刀

笔

轮廓绣

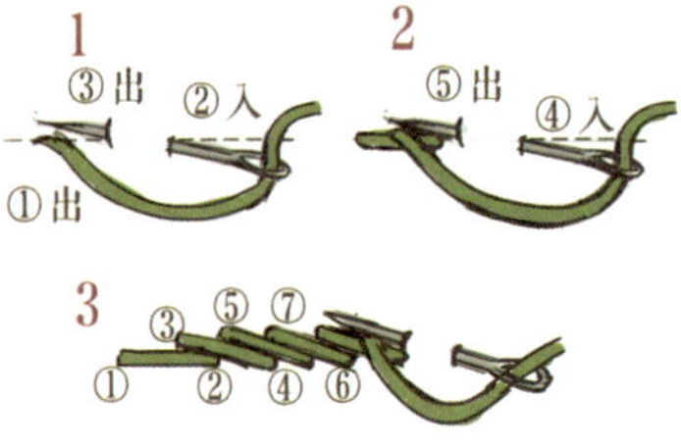

长短针绣

沿着轮廓线交替绣长短两种
不同的直线绣，绣满图案

步骤

Step 1
用笔在不织布上画出梅花图形，
并剪下来，准备四朵

Step 2
纯色棉布上绣绷并拉紧

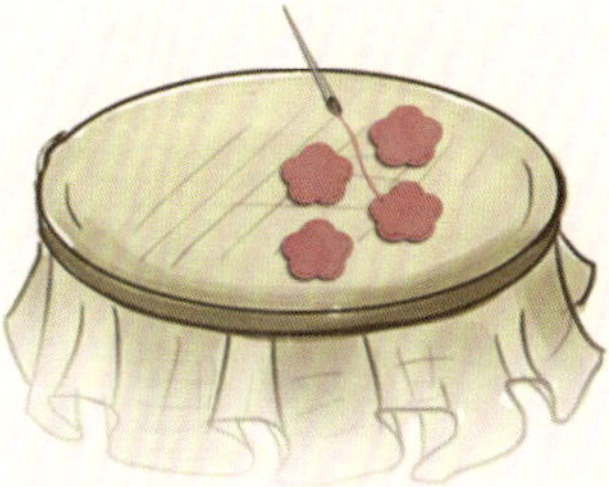

Step 3
将剪好的四朵梅花用同色
绣线钉在棉布上

Step 4
用轮廓绣绣上花枝

Step 5
用长短针绣绣叶子

Step 6
用棉线绣花蕊

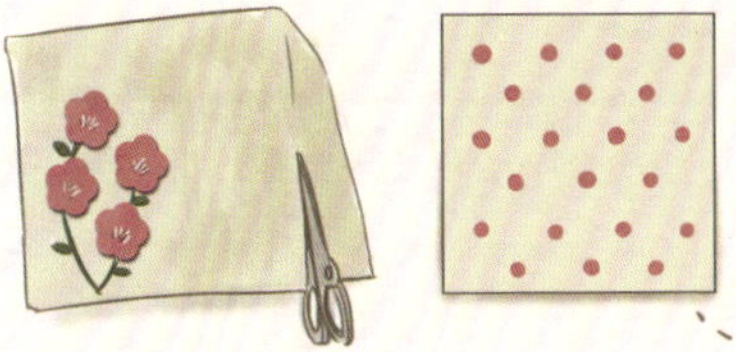

Step 7
将绣布取下，剪成方形，
将花布也剪成同样大小的方形

Step 8
将两块布缝合在一起，完成

扫一扫，看视频

惊蛰

四喜福袋

久旱逢甘霖 他乡遇故知

洞房花烛夜 金榜题名时

你的人生也有很多欢喜的事吧

晚上临睡前，小满神秘兮兮地对我说：“妈妈，我给你看个好东西。”她从书包里掏出朵蓝色纸折的百合花，“这是一朵从天而降的花哦，”她喜滋滋地摆弄着，“是唐老师送给我的，从我头顶上飞下来的。”她说得眉飞色舞，我也情不自禁开心起来，和她一起找来一根吸管安在花托上。她自己又寻到一个空的牛奶瓶，把花插进去搁在床头柜上。等钻进被窝，她又眨巴着眼睛甜甜地说：“妈妈，今天真是幸福的一天。”

是啊，多美好的一天。小时候，好像真的有欢喜不完的事情。

从饼干罐里掏出了奶糖，大米堆里扒出了捂着的柿子，跳皮筋翻出了新花样，换到了好看的小人书，舔着五分钱的盐水棒冰在空地上撒欢，躺在竹藤椅上摇着蒲扇数满天的星星，周末的早上钻进妈妈的被窝再睡个回笼觉，爬到屋顶看猫儿生崽，哗啦啦地从存钱罐里把硬币倒出来去换件心爱的礼物，捂着耳朵挤在路边听“轰”地爆米花声。这些寻常普通、零零碎碎的小事，总能激荡起一个又一个涟漪，水波漾漾，心底满是欢欣喜悦。

长大后，能让你打心底欢喜的事，却越来越少了。

好友聚会，庆祝她升职，争取到唯一一个去海外的机会。餐厅的花岗石地面映得人脸锃亮，她化了精致的妆，艳艳的唇色泛着凉凉的光。我们一起举杯，高脚玻璃杯映出逼仄变形的人脸。“接连三个月没有周末了，儿子都快不认识我了。”她轻轻叹了口气。

我举杯跟她轻碰，她微微一怔，笑出声来。她笑起来嘴角微翘，露出八颗牙齿，看起来专业干练。随即又无奈地摇了摇头说：“我连微笑都快忘记了。”长大以后的我们，怎么反倒把欢喜的本事给弄丢了呢？

杨绛写钱锺书，描写他生活中各种拙手笨脚的趣事，打翻墨汁染了房东的桌布，砸坏了台灯，弄断了门轴，愁眉苦脸地来找她。她写他做早饭：烧开了水，泡上红茶，热了牛奶，煮好老嫩合适的鸡蛋，用烤面包机烤好面包，从冰箱里拿出黄油果酱等着她来吃。她写他们的日常：互相理发，一起看书写字、下楼散步，她翻译《堂吉诃德》，他帮她修改。老先生的字里行间都是些琐碎的流年，读来却是与世无争、平和安宁，甚至连苦难与艰辛也透着一种淡淡的欢喜。

尘世间总有无法逃避的各种烦恼，生活里会有无处安放的斑

斑瑕疵，悲伤、喜悦、惆怅、欲念，时常在生命里过往，所以更要努力在细枝末节的感动与日常琐碎的美好中生出些欢喜来，渐渐地，连带着凡尘中的烦恼、岁月里的瑕疵，都变得不再那么面目可憎，甚至可爱起来。

四喜福袋

配料

胡萝卜

莴苣

虾

鸡蛋

番茄酱

步骤

Step 1
胡萝卜切丝，莴苣切丝，
虾肉切丁

Step 2
鸡蛋打散平摊在平底锅中，
开小火，待蛋液凝结取出切丝

Step 3
大白菜叶子过水

Step 4
将四样材料包入大白菜叶子中

Step 5
上锅蒸五分钟

Step 6
淋上酱汁，完成

扫一扫，看视频

春分

踏青

你的温柔 你的慈爱
我存在 在你的存在
谢谢你
那个让我崇拜的伟大的人

小满为了明天的第一次独立外出春游而兴奋了好几宿。晚上我陪她去买草莓，因为答应她做草莓果酱，明天的便当里要有香香的吐司配上甜甜的果酱。

回家后我们一起烤吐司，她在一旁帮我揉面，挽着袖子站在矮凳上，小嘴使劲抿着。我把草莓去蒂，切成小块放进锅里，加入小半瓶老冰糖，等着咕噜咕噜开锅。小满还在跟面团较劲，嘴里嘟嘟囔囔地跟面团说话。外面的天色已经暗了下来，窗台下传来小猫打架的声音，厨房的吊灯暖暖地亮着，橘色的光透过灯罩镂空的花纹碎碎地洒了一地。

面团做成想要的形状放进了烤箱，小满甩着手臂郑重其事道："这个面包真是花了我九牛二虎之力。"我惊讶地说这真是一个很厉害的成语。她得意地眯着眼睛："今天的语文课上，吴老师让

我们用‘万’字组词，我一连说了三个‘万’字的成语，老师都惊呆了呢。”我很好奇她当时说的是什么，就在灶台对面坐了下来等她开口。她很兴奋，一边比画着一边说：“我说了‘万马奔腾’‘万家灯火’‘成千上万’，妈妈你知道吗，小朋友们都张大嘴巴看着我。”她讲得绘声绘色，又学别人的样子给我看。我忍不住“噗”地笑出声来，故意张大嘴巴：“你看你看，妈妈也惊讶地张大了嘴巴呢。”

她的小脸被灶火映得红通通的，显得愈发得意了。她转身就腾腾地从书房里拿出她的《米小圈漫画成语》来看，我也随手从餐边柜上抽了本书，坐在她身边。她偶尔抬起头问我字词的意思，我就挑最浅显的表述解释给她听，遇到不认识的字她就把书挪过来，我凑近了告诉她，她很认真地注了拼音。烤箱里渐渐飘出烤面包的味道，麦香混着奶香，弥漫了整个厨房。灶台上的小锅架在蓝盈盈的火苗上，咕嘟咕嘟地吐着小泡泡，既安静又喧闹。

我想起小时候和妈妈在灯下课子的时光。她一笔一画地教我写字，给我念《古文观止》。她讲话总是轻声细语，遇到我不会做的题时，她就说："侬又着急了啊，侬再想想啊。"偶尔她也会在旁边打毛衣，或者看小说。她看琼瑶，我也跟着看，后来还偷偷带去学校，塞在桌子底下，结果被老师逮着没收了。妈妈也没恼我，重新买了一套，只是略略有些感慨说，花了她小半个月的工资呢。从此，我怕被老师收走，便再也不敢在课堂上看闲书了。

如今回想起来，灯下课子的时光，和妈妈一起阅读时的安心，犯错时她对我的包容，还有妈妈日日早起为我准备的午餐便当，无不是成长中收获的喜悦。而这些零零散散的微小喜悦，成为我热爱生活的力量源泉。生活里总是会有各种细碎的金色瞬间，把它们挑出来，努力地爱一遍，日子就热气腾腾地生动起来了。

踏青

让我们一起来找一找，
钻出脑袋的小绿芽、
害羞的小花朵。

小青菜，
你都长那么大了啊，
让我带你回家好吗？

小蝴蝶，
你也是来寻找春天的吗？

你和春天的风在一起，
好像……
七色的彩虹飘在了眼前。

儿童散学归来早，
忙趁东风放纸鸢。

扫一扫，看视频

清明

野菜糯米肉丸子

我们需要这样一个日子
把所有未能诉说的思念
都寄给远方

清明前后，天气总会有一阵子是湿漉漉、潮乎乎的，加上地气渐渐回暖，日照时间变长，满山遍野的野花野菜就开始恣意地疯长。

奶奶老家院子的后头田连阡陌，不远处还有一大片竹林，小姑总会挎上篮子，拉着我一起去挖野菜。奶奶认识田埂间各色的小花小草，小姑也算得到一些真传。通常最容易挖到的是马兰头，梗上带点红色，有些细茸茸的短毛，田埂边、坡垄上很容易就能找到。三四月份的餐桌上，经常见到绿油油的马兰头。

最常做的菜是香干马兰头，选的是前童香干，切成细丁。马兰头过沸水烫熟，捞出来控干水分，切成菜末，拌上香干，再撒上作料拌匀，拿勺柄背按出个宝塔形来，在塔尖上淋些香油，就是春天的一道绝佳美味。马兰头的吃法其实很多，奶奶还喜欢做马兰头糯米肉丸子，将菜末和肉糜搅和上劲，加上鲜鸡蛋和各色作料捏匀做成小圆剂子，放到泡好的糯米盘上一滚，搁在竹屉上大火开蒸。马兰头的菜香盖住了肉的油腻，再加上黏牙的糯米，一揭开蒸笼，清香四溢。我和小姑就会抢着拿根筷子埋进氤氲的蒸汽中，猴儿急地戳上两个，一边烫得舌头打卷，一边吃得不亦乐乎。后来我凭着记忆中的样子尝试着做，但终究做不出奶奶的味道来。

青艾也是清明时节常见的野菜，艾蒿很好辨认，而且带着特殊的香气，田埂地头一茬一茬地疯长着。记得小时候有阵子背上长湿疹，又是忌口又是搽药也不见好转，后来还是奶奶煮青艾水天天为我擦背才彻底治好。割回来的青艾要先用盐水浸泡，之后在沸水里煮透捞起，放在石臼子上碾成绿色的糊糊，和糯米糙米一起揉捏均匀成为绿色的团子，包上红豆馅或者炒的笋丝雪菜馅，做成圆形的、三角形的或者带裙边月牙状的清明粿。

清明粿要拿来祭祖，在宁波人的传统里祭祖还有一件最重要的事就是做清明羹饭。在八仙桌上摆出九道菜，盛菜的器皿必须是那种兜起来的大碗，而不能用盘子。菜品也有讲究，黄豆芽是必须有的，豆芽形似如意，象征着子孙兴旺、称心如意，另外鱼和肉也必不可少。摆上碗筷，斟满酒，点上香烛，以前奶奶会拉着我们毕恭毕敬地向祖宗先人磕头行礼，还再三叮嘱我们不能随意碰撞桌椅打扰先人进餐。奶奶走后换成妈妈做羹饭，妈妈也是

一个做事一丝不苟的人，她教小满摆酒杯，摆碗筷，教小满磕头行礼。妈妈拉着小满说，太公阿太看到你，不晓得要多欢喜。

昨天跟小姑视频通话，她也恭恭敬敬地摆了一桌羹饭，桌上还有绿绿的清明馃。我问她哪来的艾草，她不好意思地说用的是抹茶粉。她问我："你说爹妈吃完你们的还会大老远来吃我的吗？"我说："会的会的，你这么有心，老人家一定会赶你这个场子的，只是吃到这抹茶味的清明馃，估计奶奶要气到爹毛。"小姑听了忍不住大笑起来，说："我想明年回去同你们一道去扫墓，坟头的字都上新漆了吗？昨日又梦到院子里的那棵梅树，我还同你捣了一篮子梅花泡了梅花酒。"

人言落日是天涯，望极天涯不见家。我的小姑快有十年没回家了，明年我们可以一道去看爷爷奶奶了。

野菜糯米肉丸子

配料

马兰头或其他野菜

猪肉

糯米

香菇 蘑菇

大蒜

葱

鸡蛋

料酒

淀粉

胡椒粉

盐

步骤

Step 1

马兰头或者其他野菜洗净剁碎，猪肉剁碎，
香菇、蘑菇剁碎，大蒜四瓣剁碎 ，葱切碎

Step 2

调馅：将野菜末、猪肉末、蘑菇末、大蒜末、葱末、料酒、淀粉、盐、胡椒粉、鸡蛋搅拌均匀

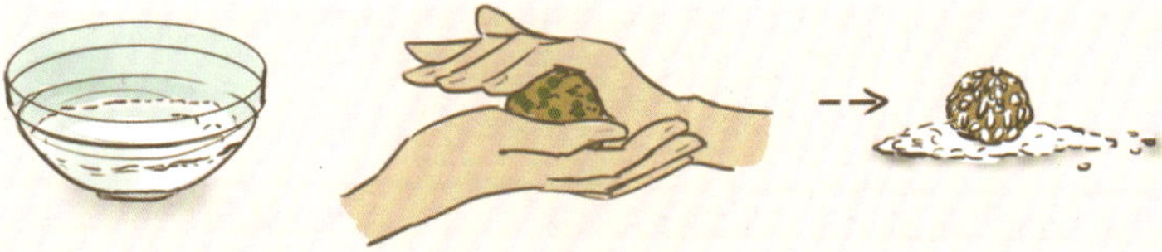

Step 3

糯米提前浸泡一小时备用，用手捏出肉丸放在糯米上滚一圈，粘上糯米

Step 4

放入蒸锅，大火五分钟后转中火十分钟即可

扫一扫，看视频

卤肉饭

谷雨

在小小便当盒里
藏一份大大的爱
这些爱　现在看来
特别真　特别厚重

世界上怎么会有这么好吃的饭呢！

我有过很长一段带饭的记忆，初中三年、高中三年，正好是整个青春年华。

带的是当时很流行的那种不锈钢饭盒，有单个长柄，翻上去就会扣住饭盒，翻下来能当把手拿。我们一般都带两个饭盒，一个装生米，淘好米量上水塞进高高的蒸箱，另一个就用来装菜。

学校食堂配的是那种老旧的八仙桌，被烟熏得乌突突的，还有深深浅浅的刻痕，不过对于青春期的少男少女来说，这一点都不影响食欲。中午吃饭时间一到，一桌八个人腾腾地围着桌子站好，然后哗啦啦地把饭盒往桌上一搁，揭盖的那一刻是神圣富有仪式感的。东家的排骨挂了厚厚的糖醋汁，西家的小梅鱼窝在细细的笋丝上，还有那烧得油红的活皮虾，煎得脆香焦黄的带鱼段，

一个个饭盒盖子丁零当啷地被打开，在筷子你来我往的嗖嗖声中，食物的治愈功能完美地发挥。即便被难题虐惨，又或者考了拿不出手的分数，一旦面对这些装着各家厨房拿手绝活的饭盒，所有的不开心都烟消云散。十五六岁的少年心里，哪有什么大不了的事呢。

我的饭盒一直很精彩，因为我有一位心灵手巧的妈妈。我对食物的美好记忆大多都来自妈妈。每次打开饭盒接水蒸饭，总能像寻宝似的看到埋在米堆里的小食物，有时是枣子，有时是火腿片，还有窗台上风干的腊肠，北阳台挂的海鳗鲞也不时会出现在米粒中。那时觉得蒸熟的白米饭就好吃得不得了，更别提装菜的菜盒了。妈妈总是能把菜做得又精致又好吃。我的饭盒里常有炒大虾，妈妈剥的大虾总会完整地留着虾尾，和青豆玉米茭白胡萝卜丁一起炒。她说红红的虾尾留着多好看，红的绿的黄的，看着好看才会吃得香。

最值得骄傲的当属妈妈牌卤肉饭，每次把菜盒里的卤肉酱往冒着热气的白米饭上一浇，看着肉丁在氤氲的热气里一点点活泛起来，稠稠的汁水慢慢化开渗入米粒里，挡不住香气四溢，一饭盒下肚都觉得不过瘾。现在我也学会了妈妈的手艺，时常做给小满吃，每次她都要忍不住赞叹：世界上怎么会有这么好吃的饭呢！

真正让你心心念念的，并不是昂贵的山珍海味或者高档餐厅的招牌菜肴，而是那些最普通的家常小菜，家人的爱都文火慢炖在这白菜豆腐一盅鸡汤中了。这样想来，那些破旧又油腻的八仙桌，正是因为搁在上头的那些不锈钢饭盒才显得格外亲切。

后话：不知什么时候起，盒饭被称作了便当，其实这个名字倒是更贴切。我喜爱厨房大多得益于母亲。我也希望我的孩子能爱上厨房，学会与食物相处。和孩子一起准备便当，教会她食物的制作，也教会她表达爱和懂得感恩。

卤肉饭

配料

猪肉

香菇

平菇

鸡蛋

大蒜

姜

料酒

酱油

冰糖

桂皮 / 茴香

步骤

Step 1

把肉、香菇、平菇剁碎

Step 2

煮鸡蛋，剥去鸡蛋壳待用

Step 3
准备大蒜末和姜末

Step 4
锅中倒油，三成热后倒入肉末翻炒，
加入蒜姜末

Step 5
待肉色泛白，倒入料酒和酱油，
加适量冰糖，加入桂皮和茴香，
加入香菇平菇丁翻炒两分钟

Step 6
放入鸡蛋，加水没过鸡蛋两厘米左右，
中火熬煮，汤沸后转小火

Step 7
待汤汁收得差不多时关火出锅，盛一碗米饭倒扣在盘子上，
舀几勺卤肉，将鸡蛋对半切开，加几片水焯的绿色蔬菜即可

扫一扫，看视频

夏

Summer

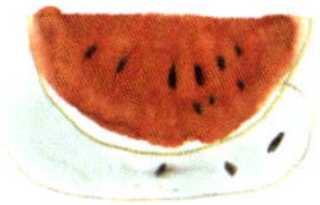

立夏
小满
芒种
夏至
小暑
大暑

立夏

茶叶蛋

立夏

立夏立夏
万物至此皆长大
耳边蝉鸣阵阵
好不动听

下午进门的时候裹着大团大团的暑气，赶紧冲进厨房猛灌了一通凉白开，喝掉大半杯才察觉到这水冰凉冰凉的，有股子甜润微辛的味道。隐约记得小满昨晚和我说起过，放学后和外婆一起摘了薄荷叶，洗干净后煮水喝。窗棂也挂上了在市集新买的风铃，吹进来的风有湿润润的甜腻，惹得风铃叮叮当当地响个不停，灶台边搁着半块吃剩的瓤西瓜，边上的搪瓷盆里立着好些个鸡蛋，还有泡得发涨的糯米和嫩豆瓣。我赶紧去翻日历，果然，妈妈在为立夏做准备了。

好玩又好吃的节气里头，立夏定是要排在头名的。

制作一枚高质量的斗蛋是很有讲究的。一般要选青壳尖头的鸡蛋，小头朝下，在蛋托上立过夜，让蛋黄沉到底下，第二天煮的时候也要保持原样，等到水沸腾，里头的蛋液凝固了才能撤掉

蛋托。再往锅里头倒入老抽，加上八角桂皮花椒，放入几勺红茶，妈妈还喜欢多加几粒冰糖调味。那些不用拿出去战斗的蛋就用勺柄轻轻敲碎，帮助卤汁从蛋壳缝隙渗透入味。

小时候煮茶叶蛋，都是在明堂里支着蜂窝煤炉子，一大锅卤汁搁在煤炉子上面，等到锅里开始咕噜咕噜冒泡，满鼻子都是浓浓的酱香透着茶叶的清香，桂皮大料还平白催出些肉香来，引得我们直勾勾地伸着脖子咽口水。上好的茶叶蛋需要小火焖上几个小时，拿出来剥开碎壳，蛋白已经染了茶色，上头还有漂亮的赭石色冰裂纹。一口咬下去，蛋白香滑有韧性，蛋黄粉口，还带着一股子蛋香，又不似白水煮蛋般干噎。至于那些要拿出去比试的斗蛋，都被小心翼翼地保护起来。妈妈早早地用毛线编好了各种花色的蛋套，斗蛋一个个被装进蛋套里，我们就挂在脖子上吆喝着开战。

除了茶叶蛋，立夏饭也是一道绝佳美食。立夏饭一定要搭配刚从地里头挖出来的鲜笋，断口还挂着浆汁的那种。奶奶做这道菜采用的火腿肉必须是东阳姨婆寄来的金华两头乌，豆瓣也是现摘现剥的，嫩得一掐就能出水。春笋和火腿要切成指甲盖大小的丁，浇一些料酒下油锅翻炒，煸出香味后再加入豆瓣和淘洗好的糯米,炒至糯米发干且微微有些焦黄色,就可以加入适量的水（刚好没过所有食材）调中火慢焖了。大约个把小时，揭开盖：糯米颗颗油亮，豆瓣翠玉生香，火腿丁枣红珠子似的镶在里头。繁花似锦陌上绿，好看又好吃的饭食，真让人喜得眉毛都要翘起来了。

立夏之后便是盛暑了，老人们习惯叫“苦夏”。摇着大蒲扇，捧着大半个西瓜拿勺子豪气地挖着吃；“呲哒”开启汽水瓶盖，咕噜咕噜一饮而尽；放学后趿踏着拖鞋，去小河里摸鱼摸虾；夜晚还可以四仰八叉地躺在大藤椅上，舔着五分钱的盐水棒冰，听蝉鸣声声，数天上忽明忽暗的星星。所以啊，哪里是什么苦夏呢，分明是最快活的时光啦。

茶叶蛋

配料

鸡蛋

老抽

桂皮

茴香

花椒

红茶包

芹菜叶 / 香菜叶 / 白纸

纱布

步骤

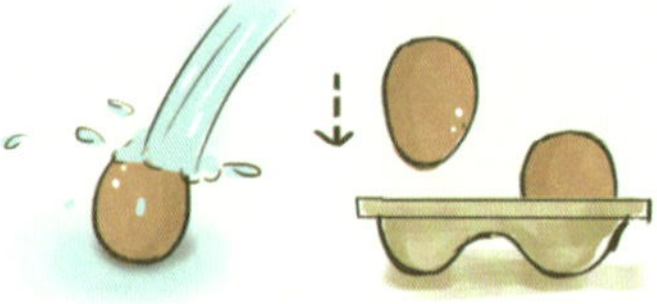

Step 1
鸡蛋洗干净小头朝下直立（蛋黄沉下，斗蛋时更坚固）

Step 2

制作花纹：将芹菜叶、香菜叶或者用白纸剪一些图案，贴到鸡蛋壳上，用纱布包紧扎口

Step 3

锅中加水，再加入老抽、桂皮、茴香、花椒、红茶包，放入鸡蛋，大火煮沸转小火

Step 4

小火大约煮两小时左右，煮好的茶叶蛋继续浸泡在卤汁中帮助上色

扫一扫，看视频

小满

有趣的果实

忆童年时竹马青梅

两小无猜日夜相随

我们创造的关于大自然的神奇礼物

老了也一定要记得呀

搬家的时候，翻出了压箱底的老古董——一个用开司米钩的布娃娃，已经被压得皱皱巴巴了，但是像伞一样张开的蓬蓬裙摆还是让小满两眼放光，惊喜地“哇”地叫出声来。旁边正在帮忙收拾的外婆有些得意地问她：“囡囡，这个布娃娃比起你的芭比娃娃怎么样？”小满歪着头想了一会儿：“头发是这个娃娃的漂亮，裙子也是最漂亮的！”外婆乐开了花，笑呵呵地说：“要不要外婆也给你做一个？”“真的吗？”她一把抱住外婆，祖孙俩笑成了一团，开始翻箱倒柜地找材料。

算起来这个古董娃娃已经有三十来岁了。让小满无比惊艳的蓬蓬裙是妈妈用旧蚊帐改的，一层的确良布和一层纱网蚊帐缝到一起。娃娃的身体是用米白色的开司米线钩的，腰上的蕾丝花边来自旧衬衣的领子，裙子上缝的亮片是去裁缝店讨的，头发用的

是一根根接起来的黑毛线，妈妈还为它打了两条黑色的辫子，扎上亮红色的丝带。

我有一件红色的毛线外套，放炮仗时不小心被烧了两个洞，妈妈拆了打成里头穿的小袄，匀出些红线，给娃娃钩了新的披肩和帽子。我喜欢得不得了，日日抱着，每次小伙伴来家里玩的时候，我都要郑重其事地介绍一遍：这个娃娃是我妈妈亲手做的哦。然后等着小伙伴一脸羡慕地惊呼："你妈妈好厉害啊，连玩具都能自己做。"

妈妈真的很厉害，妈妈牌玩具、妈妈牌毛衣、妈妈牌盒饭，每一样都暖暖地守护我的童年。后来小满出生，妈妈买了很多棉纱布，"你有空可以给她做一件贴身小褂子"，我有点想偷懒："外头有很多卖的漂亮衣服啊，质量都很好。"妈妈笑着摇头："妈妈才是最知道什么样的衣服能让孩子穿着最舒适的人啊。"

我学着做衣服，学着打毛线，学着准备食物，学着制作玩具，学着像妈妈爱我一样爱我的小满。我牵着她的小手，她骄傲地背着我做的小猫书包去幼儿园；一脸兴奋地别上我绣的发夹，在镜子前转圈；满足地享用我准备的便当，吃得一干二净；我们也一起去捡松果，用彩泥捏成可爱的动物。

妈妈牌是世界上最昂贵的品牌，不仅独一无二还有满满的爱。我想，一个人只有拥有足够多的爱，才有勇气跌入这滚滚红尘，才能去爱别人。

有趣的果实

材料

松果

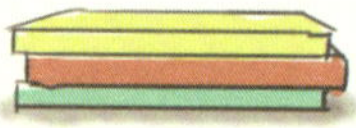

彩泥

步骤

Step 1 果子分类

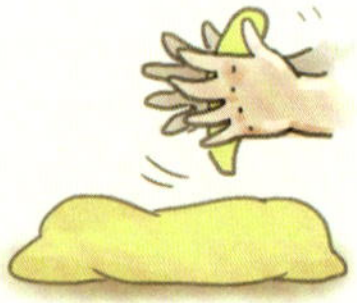

Step 2 搓捏彩泥

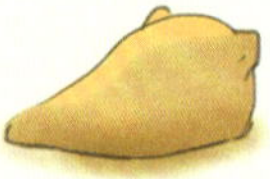

Step 3 捏出刺猬的尖尖脑袋

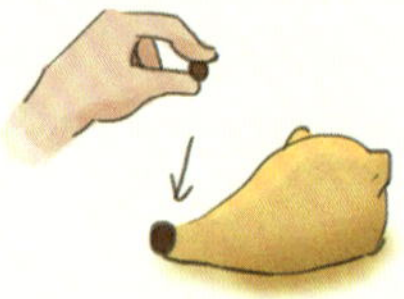

Step 4 搓个小鼻子

Step 5 装到松果上

Step 6 贴眼睛

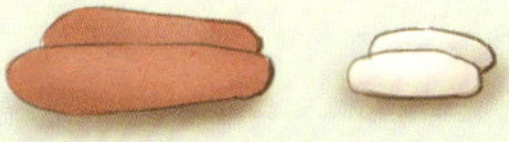

Step 7 搓两条长的、两条短的

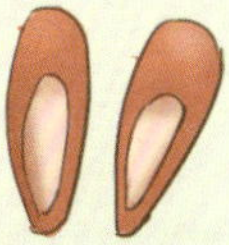

Step 8 捏成兔子耳朵

Step 9 搓个兔子的小圆鼻子

Step 10 贴眼睛

Step 11 搓个长条

Step 12 贴到松果上做成蜗牛身体

Step 13 捏出触角

Step 14 贴眼睛

扫一扫，看视频

芒种

蜂蜜柚子茶

人类就这样祖祖辈辈地生活着
在涩涩的生活滋味里像蜜蜂一样勤劳
让食物温柔地充实胃与心灵
把苦都变成了甜

妈妈这辈人，好像都很喜欢做各种酱，在食物的处理上也偏爱腌制或者风干。她们总是千方百计地寻求把食物保存下去的方法。即便寒冬腊月，旋开罐子依旧可以闻到春意满满的果酱味道；盛夏三伏，也有寒冬的腊肉鳗鲞来帮忙度过难熬的苦夏。

柚子是再寻常不过的水果。秋末冬初，在街头巷尾的小摊上陆续出现，好像一直要到来年春暖花开才会渐渐稀少。小时候，家里的单门冰箱里常年放着妈妈亲手做的蜂蜜柚子茶。妈妈说备着它是用来哄我喝水的，舀一铁勺蜂蜜柚子茶用温开水化开，那些经过熬煮变得透明的细条果皮便在水里浮沉着跳舞，喝起来清香甘洌。如今妈妈也常做柚子茶，还是像从前一样讲究，要用粗盐细细地擦果皮，白瓤要撇得干干净净。熬酱一定要搬出那个老古董大瓦锅，调味的是新上的槐蜜。她也用这招哄小满多喝水，

外孙女倒是极买账，也不稀罕外头那些花花绿绿的饮料，外婆牌的果茶是童年最爱的头牌饮品。

家里的冰箱因为妈妈对于时令的敏感和对生活的热爱，总是堆满了各种瓶瓶罐罐，大多是在各种果子快落市时采购来，熬成果酱或者煮糖水又或者盐渍封起来。我们随着季候节气享用着大自然的馈赠，并且将这份馈赠延续到下一个季节。

年节里头，舟山会有很多的大海鳗上市。鲜海鳗洗干净切成段，抹一把海盐、切点姜丝、撒上几滴料酒，再上锅蒸就是一道绝佳美味。海鲜最好的烹饪方式是大火清蒸，原汁原味的才最鲜美。一旦搁些时辰，再好的海鲜也失去了最佳的品尝时机。所以，对于那些一时吃不完的海鳗，妈妈会想办法保存起来，留着往后的日子里拿出来解馋。处理海鳗要从背部肉最厚实的地方下刀，沿着尾部、脊骨一直贯通到头部，海鳗肚子不要切断，洗干净抹层细盐，用劈细了的竹筷子交叉着把鳗肉顶开。挂在朝北的窗沿口，要是碰上连日的大风天，呼呼的北风吹上一周左右，鳗鲞也就做成了。做好的鳗鲞切成块放进冰箱冷冻，待到要吃的时候，拿出来解冻，不用加任何作料，只须上锅一蒸，顿时香气四溢。鳗鲞肉筋道厚实，嚼起来韧劲十足，味道毫不逊色于鲜货。

家里还有一样常备的食物就是菜蕻干，有一个好听的学名叫万年青。小时候每到盛夏，万年青汤绝对是餐桌上的一道压轴菜。从铁皮罐里抓一把菜干，用沸水一烫，再滴上几滴麻油，一碗碧绿生青、香气扑鼻的汤就成了。有时，妈妈还会做个升级版的汤，在灶台上烧开沸水，丢把菜干进去，磕个鸡蛋，再撒一把金钩，绿的菜叶、红的虾米、黄的蛋花，难熬的苦夏也有这般活色生香的美味。晒万年青用的是菜蕻，小时候喜欢提着一个篮子跟在妈妈屁股后头，赶在菜蕻快要落市的时候买好几大篮子回家。先用清水洗净，然后在沸水里一焯捞起，走廊上、过道里拉一根绳子，把过水的菜蕻逐一晾上。菜蕻唯一娇贵的地方就是禁不起日晒，太阳一晒就会泛黄，品貌就差了，所以晾菜蕻干的时机并不多，最好选个通风的环境。每年我都乐颠颠地和妈妈一起晾晒菜蕻，像小蚂蚁存储食物一样，把好吃的食物最大限度地留存下来，也为下一个季节备好存货。

与食物的相处之道，是妈妈辈朴实而又智慧的生活经验。在物质匮乏的年代，她们勤劳而又聪慧地善待食物，变着法子丰富着餐桌。日子再艰难，也要努力和生活把酒言欢啊！

蜂蜜柚子茶

配料

柚子

蜂蜜

冰糖

粗盐

步骤

Step 1

柚子皮用粗盐搓洗干净

Step 2

将柚子十字划开剥皮

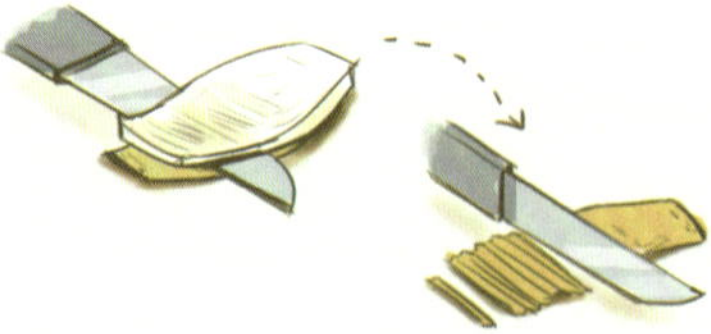

Step 3

将柚子皮上的白瓤用刀小心地刮去，将外皮切丝备用

Step 4

将柚子肉剥出来备用，注意将白衣剥离干净

Step 5

柚子皮在沸水中煮八分钟左右去苦涩

Step 6

将柚子肉、柚子皮和适量冰糖倒入锅中，加入小半碗清水，大火煮沸转小火慢熬一小时左右

Step 7

关火待冷却至常温加入蜂蜜搅拌即可

Step 8

装瓶冷藏保存

扫一扫，看视频

夏至

芙蓉鲜蔬汤

小小的蔬菜片
以温柔的方式对抗着夏日刚烈的光
渐渐脱去水分
又在水的浸润中成为一道解暑宝物

下了好一阵子的雨，淅淅沥沥又湿漉漉的，天燥燥地热起来了，明晃晃的阳光刺得眼睛生疼。夏夜的风倒还带着一丝丝凉气，窗户外边的水塘传来阵阵的蛙鸣声，一轮高过一轮，蛾子贴着纱窗框，欢快地扑腾着。

小姨又从乡下送了很多蔬菜过来，妈妈左邻右舍送了一圈，还余了许多。她翻出竹筛子，说这么多来不及吃的就晒成菜干吧。

盛夏的餐桌，除了菜蕻就属芙蓉鲜蔬汤最开胃。一碟醉泥螺、一盘渍黄瓜，就着温温的茶泡饭，最后喝上一大碗飘着嫩黄蛋花的什锦鲜蔬汤，鼻尖后颈都密密地冒出一层细汗，感觉心满意足，百暑顿消。晾晒蔬菜也是一件有趣的事儿。刚从地里拔来的萝卜，新鲜得能掐出水来，洗干净切成蝉翼似的薄片，均匀地码在竹筛子上。泥塘里挖出来的藕段、地里头新摘的南瓜

也都如法炮制。

新鲜的蚕豆摸上去还有一点绒绒的细毛，拨开暄腾腾的豆衣，里面是嫩绿的豆子，用指甲轻轻挑开豆皮，就能见到翠玉似的豆瓣。沿着豆瓣中间的细痕把豆子掰成两瓣，不一会儿，竹筛上就遍布着满眼的小碎玉。

晒干的豆瓣还有其他吃法，奶奶喜欢把它们放进热油里炸，待到豆瓣微微泛出金黄，就捞出来倒进小竹篓，趁热撒上细盐和胡椒粉，来回颠几下让调料拌匀，等豆瓣凉透了装进玻璃罐里。任何吃不完的蔬菜都可以切成薄片拿去晾晒。小时候看到明堂里的竹筛上那些五颜六色铺开的小蔬菜片，就觉得格外欢喜。

盛夏的日头烈，用不了几天，切成薄片的蔬菜就完全脱了水，收拾起来放进密封的大罐子。待到想吃的时候，抓起一大把丢进沸水里，再磕两颗鸡蛋，用筷子“噼噼啪啪”把蛋液打散，也一同倒进去。重新获得水分的蔬菜干慢慢舒展开来，变得生机勃勃，而倒进去的蛋液就从锅底开出一朵朵嫩黄的小花。

暑夏的傍晚，爷爷最喜欢在院子里的香椿树下就着小酒吃晚饭，奶奶用井水泼了竹椅，爷爷悠闲地坐在上头，一碟油炸豆瓣、一杯绍兴花雕，还有奶奶做的小菜和芙蓉鲜蔬汤。边上的收音机咿咿呀呀唱着各路戏，爷爷半眯着眼睛，晃着脑袋打节拍和调子。

爷爷爱戏成痴，听的最多的是《锁麟囊》。兴致来了还喜欢用沙沙的声音哼唱几段，我和小姑就是他的听客。爷爷是个仗义的人，一生结友无数，待人始终真心诚意。所以，戏里头小姐丫鬟们柔柔弱弱的唱词，被爷爷唱得豪气十足：“小小囊儿何足道，救她饥渴胜琼瑶。”“怜贫济困是人道，哪有个袖手旁观在壁上瞧。”

前阵子逛鼓楼大街，在旧书摊上找到一张碟，是程砚秋版的《锁麟囊》，捧在手里竟有种恍如隔世的相熟。

《伶人往事》中也提到这出戏，说它有人人可体味而又体味不尽的世态炎凉，还带着几分温暖惆怅。当时连演十场，场场皆满，轰动了整个上海滩。

我把旧碟片和晒好的什锦蔬菜干用牛皮纸细细地包了起来，给小姑邮寄过去。我想，她收到了一定十分欢喜。

芙蓉鲜蔬汤

配料

藕

南瓜

胡萝卜

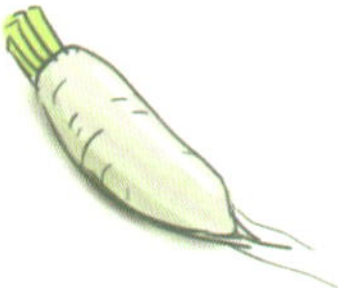
白萝卜

蚕豆

荷兰豆

香菇

秋葵

青椒

步骤

Step 1
各色蔬菜洗干净

Step 2
食材切成薄片，蚕豆剥出豆瓣

春
SPRING
立春
雨水
惊蛰
春分
清明
谷雨

夏
SUMMER
立夏
小满
芒种
夏至
小暑
大暑
《二十四节气的味道》

秋
AUTUMN
立秋
处暑
白露
秋分
寒露
霜降

冬
WINTER
立冬
小雪
大雪
冬至
小寒
大寒
《二十四节气的味道》

Step 3
平铺在竹筛上，通风阳光处
晾晒

Step 4
待水分收完即可装入密封罐
保存

Step 5
要食用时抓一把放入沸水，
加入一个打散的鸡蛋即可

扫一扫，看视频

小暑

蔬菜豆腐盅

母亲
大概是最温暖的词语
我们记得的所有的好
都比不上母亲的给予

《红楼梦》里有一道很出名的菜叫茄鲞，刘姥姥尝了之后连连称奇，赶着向凤姐要方子。凤姐噼里啪啦一报，把刘姥姥着实吓得不轻。不过是两条普通的茄子，倒得用鸡脯子肉、香菌、新笋、蘑菇、五香腐干，外加各色干果子等十来样东西去衬。烧的时候更是讲究，要先用鸡油炸透、鸡汤煨干，然后收香油、拌上糟油，还要盛在瓷罐子里封严，待到要吃的时候拿出来，再用炒的鸡爪子拌。

小时候听奶奶讲到这一段，就在旁边直吞口水，央求奶奶也照着书上讲的做出个这样的茄子来解解馋。奶奶哈哈大笑，给我一记脑壳栗子说："那还叫茄子吗，那么多种味道都混淆了。你要真想吃茄子，我给你上锅蒸两条，出锅后扯成小细条，撒一些细盐，再淋上香油，才是顶好的茄子味。"

奶奶做菜最爱清蒸。不愿加太多的东西，几粒盐巴、一勺料

酒、一瓢清水，留出让味道自由流动的空间，氤氲弥漫中守住食物的原汁原味。

我同小姑下棋时，两人都想着占位，挤得满满的。奶奶就在一旁笑话我们："要留气眼啊，堵得又满又死，棋局真是难看。"后来，家里南边的院子用红砖砌了个小花坛，我们从地里田头掘了很多花草，乌泱乌泱地种进去，奶奶见了又清空了很多："种得太密了，疏朗些透气些才能长得好。"

稍大一点我去学画，学的是西画，色块颜料又厚又重，静物的桌布背景把整张画布填得满满当当。我得意地拿给奶奶看，她戴上老花镜举着仔细地瞅："好是好，可是没有留白，太拥挤了，看着累人。"这样的话我自然是不爱听的，油画的饱满张扬、纵横驰骋，老人家怎么能懂呢？就像小时候我不大喜欢清蒸一样，总觉得口味单一寡淡。要像红汤的毛血旺，刺啦浇一层辣油，呼呼地烫着舌头，火辣辣地大口吞下去，逼出层汗来才过瘾嘛。

前些天和小满一起在小区后面的江边散步，小径边上有片花木林，种得密密麻麻。她歪着脑袋跟我说：“这么挤着挨着，小树一定很难受吧。”我望着密不透风的林子也觉得逼仄，里头的花木都打蔫儿了，没有丝毫葳蕤的样子。想起小时候，奶奶在红砖花坛边弯腰移掉花木的样子。她拿着铲子，坐在花坛子边上笑着对我们说：“凡事都该留些白，空旷疏朗、有了余地，日子才能过得舒服。”

很多时候我们太过急躁。年纪轻轻就希望在最短的时间里，获得最高的回报。往往因为欲求太多，没能如愿以偿而心生许多不快活。做人做事交友谈情，甚至连带着做菜烧饭这样的琐事，都该多留一些空间透透气。以前读到张充和先生七十岁生日时写的“十分冷淡存知己，一曲微茫度此生”，觉得有点不近人情和一股子清冷，现在想来，老先生真是玲珑剔透、心简眼明，道出了人生的大智慧啊。

蔬菜豆腐盅

配料

胡萝卜

彩椒

洋葱

番茄

香菇

豌豆

油泡

里脊肉

盐

胡椒粉

步骤

Step 1
各色蔬菜洗干净切成小丁

Step 2
小块里脊肉剁成肉糜，加入细盐、胡椒粉调味

Step 3
油泡五分之一切开，挖掉里面的豆腐渣

Step 4
将肉糜与挖出的豆腐渣搅拌，填回油泡内，不要太满

Step 5
将蔬菜丁铺在油泡上面，注意颜色搭配

Step 6
上蒸锅大火七分钟即可

扫一扫，看视频

大暑

杨枝甘露

人生难得是相逢 更难得是相聚
愿我们都有一份相聚的情意
来胜却人间无数

小时候看《射雕英雄传》，别的记不大清，里面黄蓉给洪七公做的一些菜倒印象格外深刻，有一道菜的名字特别好听，叫作“二十四桥明月夜”。做法也很稀奇，用桃花岛的“兰花拂穴手”的功夫将豆腐这样触手即烂之物削成二十四个小球，放入先前挖出二十四个圆孔的火腿内，扎住火腿上火蒸。等到蒸熟，火腿的鲜味渗透到了豆腐中，火腿便弃之不食。

类似黄蓉这种顶级的食客，不但深谙食物相生之理，更是一等一的美学大师。单看父女俩住的桃花岛：海风中夹着扑鼻的花香，远远望去，岛上一片郁郁葱葱的景象：一团绿、一团红、一团黄、一团紫，真可谓繁花似锦。待到阳春三月桃花盛开，就更为艳丽了。老百姓餐桌上的家常菜，名字总是很直接，比如：红烧排骨、清蒸鲥鱼、爆炒螺蛳。用的是什么食材，怎么个做法，一目了然。当然，

开门见山是好，可惜总归缺了点意境和朦胧感。黄蓉的一道道菜出来，什么“玉笛谁家听落梅”“好逑汤”，包括这道“二十四桥明月夜”，每一道都能吊足洪七公胃口，闻着奇香，又不知何物，待食物入口，便觉得这名起得精妙无比，味觉、嗅觉、听觉、意境四者皆备。

杨枝甘露是小满喜欢的甜品。雪白的椰浆沿着玻璃瓶壁缓缓地倒入杯中，与里面的黄色杧果浆相遇，再深深浅浅撒一层红色的柚子肉和杧果丁。凑近一闻，有股子淡淡的椰子清香和果肉的甘洌味道，远远望去，一层玉色一层金色，突然觉得这道家常的甜品也应该有一个不一样的好名字。

“你还记得妈妈教你的秦观的《鹊桥仙》吗？”

“记得啊。”

“那我们一起来念一遍吧。”

“咦，为什么呢？”

“因为我们今天做的这道甜品名字就叫‘金风玉露一相逢’啊，你觉得好听吗？”

“嗯，真好听。”

杨枝甘露

配料

杧果
2个

柚子
1个

糯香小圆子
50g

纯牛奶
150ml

椰浆
100ml

步骤

Step 1
将锅中水煮开，放入小圆子，
中小火煮至小圆子浮起即可

Step 2
把小圆子捞起放入冷开水中
待用

Step 3
柚子剥出果肉待用；
杧果切成小块，分为两份

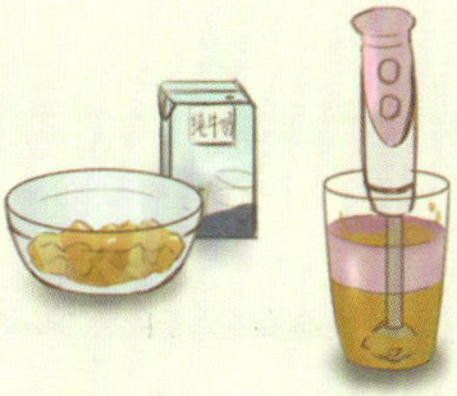

Step 4
将其中一份杧果倒入搅拌机，
加入纯牛奶，搅拌成杧果泥（可
以先将杧果泥放入冰箱）

Step 5
在杯中加入两勺小圆子

Step 6
倒入杧果泥，再缓缓
倒入椰浆

Step 7
撒上西柚果肉，最后摆上一些
杧果果肉，完成

扫一扫，看视频

秋

Autumn

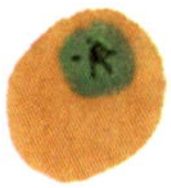

立秋　处暑　白露　秋分　寒露　霜降

立秋

牛奶小方

当一样食物的无可奈何
成为另一种新生的恣意汪洋
我们才明白
妈妈的手有如此神奇可叹的无穷力量

我小的时候，新鲜牛奶还是个稀罕货，记忆中都是小爷爷从上海寄一包包奶粉过来，蓝红色包装，上头印着三个红色的大字“红旗牌”。每包里还配了一把蓝色的塑料小勺，凑近鼻尖就能嗅到一股子特浓的奶香味。

妈妈规定早晚要各喝一杯。早上泡的是奶粉，晚上那杯还要搁上芝麻粉。喝多了我觉得腻，趁妈妈不注意悄悄泼到水槽里。妈妈是个心细的人，很快就发现了猫腻，她蹙着眉头念叨：“侬真是浪费啊。”

隔了一些日子，她就做了牛奶小方，从冰箱里拿出来，招呼我过去吃。奶白色的小方块，外头裹了椰丝，整整齐齐地码在蓝边的搪瓷盘里。我伸手捏了一块塞进嘴里，凉丝丝的，入口清爽，柔软香糯，其味淡而不薄，其质细而滑顺，里头还夹着切成丁的

黄桃粒，去掉了牛奶的膻腻味。我啧啧地称赞，妈妈就笑着叮嘱我：“别再把牛奶倒了啊，这些都是用喝剩的牛奶做的呢。”

妈妈果真具有化腐朽为神奇的力量，她开始变着法子做各种牛奶小食。每次午睡醒来，从冰箱里寻出妈妈留的好东西，就变成一天里最期待的事情了。

妈妈做的牛奶冰棍比外面买的好吃很多，她的秘诀是在牛奶里加一点炼乳。那种铁罐装的“熊猫牌”炼乳，和着牛奶、几片新摘的薄荷叶子，一起在灶上煮开，再加一些被煮得开了花的红豆或者绿豆，凉凉后就可以倒进模具放入冰箱速冻。隔天从冰箱里拿出来还丝丝地冒着白气，拿块湿毛巾捂在铁皮模具上，一小会儿工夫，就可以顺顺当当地把冰棍抽出来了。一口咬下去，牛奶味的冰碴儿清凉爽口，一点也不硌牙，奶香中还透着清凉的薄荷味，感觉全身的毛孔都舒爽了。

妈妈还有个拿手绝活就是牛奶米糕。将普通的大米用磨碾成细粉末，撒上酵母粉，加一些绵白糖、葡萄干，再把喝不完的牛奶温热了倒进去搅拌均匀，盖上纱布放在向阳处，室温环境下发酵一个小时。然后再次搅拌透了，倒入抹了菜油的小碗中，二度发酵十几分钟，撒上一点芝麻或者红丝绿丝，上冷锅大火快蒸，大约二十分钟就可以关火，再焖五分钟就可以出锅了。等凉凉了，把小碗翻过来一扣，一盏盏玉脂般的米糕雪白晶莹、松软透亮，好看极了。

妈妈总是说要物尽其用，对待食物如此，对待生活中的边角碎料也是如此。做新衣裳剩下的碎布料，稍大块的她缝了杯垫，或者给我做了头花，边边角角裁下来的碎布她也能扎出个小拖把；铁皮桶破了，改天就填了土移了株月季种上；刚破的手套，剪去上半段，打些花纹就是一副崭新灵活的半截手套……妈妈好像有种神奇的魔力，任何不起眼儿的东西，她都能翻着花样让它重新焕发神采。

世间所有的东西都有美妙之处，只要你用心善待它，它就一定会热情地回报你。

牛奶小方

配料

鲜牛奶
200ml

淡奶油
80ml

淀粉 30g
(约 2 勺)

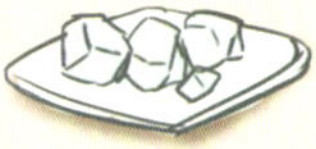

冰糖少量

各色水果丁

椰丝

步骤

Step 1
淀粉用 50ml 鲜牛奶
调化备用

Step 2
将淡奶油倒入鲜奶中，加入
冰糖，小火煮开

Step 3

迅速加入调好的淀粉，快速搅拌，成为糊状

Step 4

容器底部铺满椰丝，将牛奶糊倒入，并加入水果丁，最上面一层继续铺满椰丝

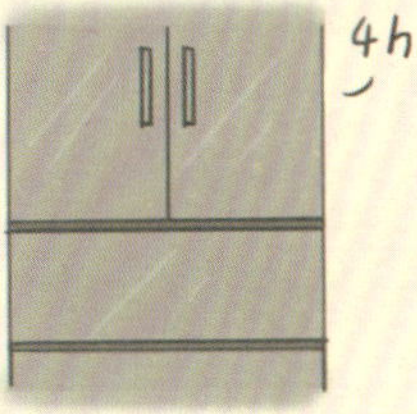

Step 5

放入冰箱冷藏四小时，食用时倒出切块，沾上椰丝即可

扫一扫，看视频

处暑

炒瓜子

世界南北两端 都是极寒之地
但依然有人群相互依存地生活着
他们内心有热与光 有对他人的爱

你炒过瓜子吗？我跟小满说我们一起来炒瓜子的时候，她瞪着大眼睛一脸诧异地瞅着我，“瓜子不是应该去超市买吗？”“除了去超市买，还可以自己动手做啊。”“可是我从来没有吃过自己炒的瓜子，”她疑惑地望着我，“哪里有生瓜子呢？怎么炒啊？好吃吗？和买来的一个味儿吗？”我反问她：“你为什么不试一下呢？”她点了点头，又问了我一遍，“真的会好吃吗？”“我也不知道，不试试怎么会知道呢？”

隔壁邻居送来好几个金灿灿的大南瓜，刚从地里摘下来的。我拿刀劈开一个，找了把长柄勺从里面掏出籽，白青色的瓜子还沾着黄色的瓤。小满努了努嘴问：“就用这个瓜子来炒吗？”“对啊，只是这瓜子看起来瘦了一点点。”她学着我的样子，也拿了一柄勺子掏里面的瓜子，“那以前的南瓜子呢？都扔了吗？”我点了

点头，她眨着眼睛“哇”地叫出声来，“妈妈，你好浪费啊。”我笑着又打开了一个南瓜，顺带把南瓜切成薄片，好拿去晒干，“所以啊，现在开始要努力做到物尽其用。”

我们把掏出来的瓜子放在竹筛上，拧开水龙头用水冲洗，外头的阳光透过树叶的缝隙碎碎地洒在水槽上。南瓜子颗颗莹亮，小碎玉似的泛着光。小满忍不住感叹：没想到洗干净的瓜子这么漂亮呢。湿漉漉的瓜子在竹筛上平铺开来，然后拿到大太阳底下晒个把小时，就可以收起来准备下锅炒了。小满帮忙在铁锅里倒进一罐粗盐，我用木铲子不断翻炒，待到雪白的粗盐微微泛黄，就可以倒入瓜子了。继续开小火不停地均匀翻炒，待听到轻微的瓜子爆裂声就立即关火，因为接下来粗盐的余温就能把瓜子焙熟。这时候“噼啪”声不绝于耳，瓜子的焦香味四处弥漫开来。小满吸着鼻子有些兴奋：“妈妈，好香啊，感觉很好吃的样子。”我拿着木铲子轻轻地拨弄盐粒，好让热气散出来，瓜子已经有了些焦黄色，闻着愈发香气逼人。

我挑了几颗出来，搁在手心里很烫，左右手倒腾了一番，分给小满几颗，咔地用门牙嗑开，瓜子肉又脆又香，比外头买的稍显肉薄，但这滋味是说不出的美妙。

小满嗑得上了瘾，笑嘻嘻地对我说：“今天有意外的收获啊，没想到自己炒的南瓜子这么好吃呢！”可不是嘛，有时候抛开自己的固有见识，去尝试下别人的新思想，也是很好的体验与经历。

炒瓜子

配料

南瓜

粗盐

步骤

Step 1
南瓜切开，把子掏出

Step 2
把南瓜子洗干净

Step 3
平铺在竹筛里晒干

Step 4
粗盐倒入平底锅，
中火翻炒五分钟

Step 5
将晒干的瓜子倒入，
小火翻炒

Step 6
待瓜子颜色微微变黄关火，
继续翻炒两分钟即可

扫一扫，看视频

白露

桂花糯米糖藕

桂花还是那样好看芬香
我们却已转眼长大
童年大概就是这样
是人生头一回知道的甜

奶奶在世的时候，每到秋天总会做一些桂花糯米糖藕。约莫下午两三点的时候，拎个蜂窝煤炉，悠闲地坐在明堂的桂花树下。零星的金色桂花掉落在她松绿色的旗袍上，白色的陶瓷锅里，红糖水正“噗呲噗呲”地吐着泡泡，泛着酱红的光。雪白的藕段还没有变色，在糖水里时隐时现，隔着氤氲的热气，和着不紧不慢的桂花香，边上的收音机里唱着评弹，尾音颤颤地点着你的心尖。

奶奶拿着一把尾部朱红的长柄勺子不时地搅动糖水，她的指甲用凤仙花染成了红色，不艳不俗，在阳光下亮亮的煞是好看。她总是很讲究菜色的搭配，葱烤河鲫鱼一定要配一把翠绿水嫩的小葱；碧绿的万年青上会淋一点琥珀色的小车麻油；雪菜小黄鱼汤里肯定有切得细长溜尖的玉色笋丝；吃不完的蔬菜，她总是细细切成薄片，风干了装进密封的罐头，想吃的时候抓一把，或者

丢进滚烫的沸水里一冲，红的萝卜、绿的蒲瓜、金黄的南瓜、褐色的毛笋，再敲开一个鸡蛋，在沸水里开出一朵嫩黄色的花。

奶奶说：生活中就有最好的美，而美是真理，那里住着神明。

现在，我也常常烧饭，每次准备食材的时候，都会考虑颜色的搭配，也经常与孩子认真交换对食材搭配的理解。酱煮的东西习惯用亮色小料来点缀，清炒的食蔬就要选择合适的搭档，或者是对比色，比如胡萝卜和芦笋；或者是搭一个万能色，比如藕片和山药。然后选择用暗彩的陶盘或是洁白的瓷碟，不一样的容器，能传递出不一样的食物温度，明亮轻快的或者是单纯稳重的。

日复一日的平常生活，都是由这些琐碎的小事组成。而这些不起眼的小事中，却蕴含着各种“美”。生活的艺术真实地活化在我们周而复始的寻常岁月里，并且不断生根发芽。

感谢在奶奶温柔美好的陪伴中度过的童年，最好的美育就是对生活的热爱！

桂花糯米糖藕

配料

藕两节

糯米一小碗

红糖 100g

桂花适量

其他材料：牙签

步骤

Step 1
洗藕

Step 2
糯米泡十分钟

Step 3
每节藕在顶部切下一个小盖

Step 4
在藕孔中塞糯米，不要塞得太满，熟了会挤出来

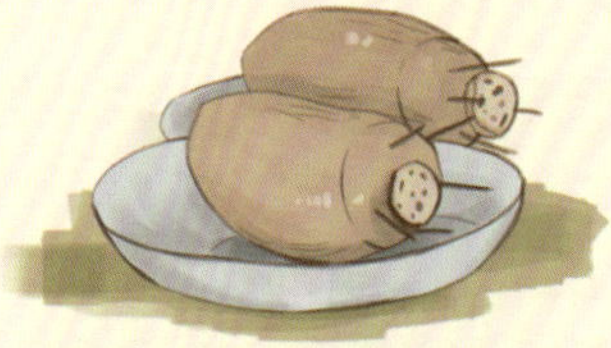

Step 5
把小盖子用牙签固定在藕上

Step 6
红糖倒入沸水中搅开

Step 7
放入藕熬至汁水浓厚

Step 8
切片装盘，撒上桂花

扫一扫，看视频

秋分

橘子酱

人生 就像一锅慢慢熬制的果酱
在岁月的历练中 我们缓缓沉淀
沉淀出对生活的热爱
以及幸福

每年秋天我都会收到来自小爷爷的果酱，清一色的马口螺纹罐，红的山楂、黄的橘子、紫的蓝莓、青的梅子。每个果酱罐子上面都贴了标签，写着好玩的名字：红色的这罐叫“潇洒小姐”，青色的那罐叫“我是大丈夫”，紫色的写着“三旬”，黄色的写着“月满西楼”。另外还附了一张薄薄的薛涛笺，用七紫三羊写了小楷：囡囡，秋安。

这么风雅又有趣的老头儿真是让人满心喜欢。

小爷爷住在上海，小时候我经常去他家玩。他有一顶驼黄色的呢礼帽，每次只要一戴上，我就笑话他装扮成一个大学问家的样子。小爷爷眯着眼睛哈哈笑：“谁说我不是大学问家呢，我的肚子里可装了很多很多书呢。”

“可是小奶奶说，您肚子里装的都是肥肉。”

小爷爷听了一点也不恼，反倒摸着肚子乐开了花。

后来才知道小爷爷是老复旦的高才生，特定历史年代的人生际遇总是一言难尽，曾经鲜衣怒马，而后落魄潦倒。小爷爷从搪瓷厂退休后，从大宅子搬到了石库门的老房子里，但他一直很快乐：清晨提着痰盂去马路对面的公厕，在窄仄的过道掌勺做菜，坐在小圆凳上一颗颗剥了新蒜腌上，在木窗下煮了素茶小口小口地细品。在天地与光阴里，他有着自足的喜悦与自在。

有年秋假去上海看他，远远见到他坐在弄堂口，守着炉子和一大锅橘子酱，旁边的收音机咿咿呀呀地响，唱的是赵荣琛的《锁麟囊》：“这才是人生难预料，不想团圆在今朝，回首繁华如梦渺，残生一线付惊涛……”夕阳的光浅浅地罩着他，周身金黄的他仍旧戴着一顶驼色的呢帽，有一搭没一搭地搅着橘子酱，神情微怔。

我大声叫着：“小爷爷。”他抬头看到我，眉眼里尽是笑意：“囡囡来啦，你看，我正在给你做果酱呢。”

“这回的果酱取个什么名字啊？”

他微微晃了晃神，乐呵呵地说：“就叫‘前世今生’吧，前世的橘子今生的酱，怎么样？”我点了点头，接过他手中的勺子：“小爷爷，我最喜欢您做的果酱了，因为这样就能守住水果细致的味道了。”

小爷爷的眼里闪着亮光，满心欢喜地看着锅里咕嘟咕嘟的橘子酱。

橘子酱

配料

橘子

柠檬

冰糖

步骤

Step 1
洗干净橘子，剥橘子皮。
橘子皮切成细丝放小盘，
橘子肉放另一个小盘

Step 2
将橘子肉和橘子皮
放在一起打成果泥

Step 3
干净锅倒入果泥，
加适量的水

Step 4
倒入适量冰糖
（根据个人口味）

Step 5
大火煮沸后转小火，
熬制果酱，其间需要
不时搅拌防止煳锅

Step 6
等到果酱变得浓稠，
加入一些柠檬汁，
再小火熬制五分钟即可

Step 7
果酱凉凉后装瓶，
配上自己喜欢的装饰
就完成啦～

扫一扫，看视频

寒露

秋葵炖蛋

那片落在头顶的星星
是努力的另一个名词
它与幸运成正比　与生活紧紧相依

这两天小满有些沮丧，原因是她很想参加学校运动会的二百米和一百米比赛，可是每班只能选两名同学，她很努力地争取，但是两项都没被选上。回到家就懊恼地趴在沙发上，怏怏地说，“我真的很想参加跑步比赛啊。”

我安慰她：“你已经尽力了，所以不需要难过了。”她垂头丧气地反问我：“尽力了就不用难过了吗？就算尽力还是失败了怎么办呢？”

我一时语塞，竟不知如何回答。

想起小时候在爷爷书房翻武侠小说，爷爷瞧见了就抽走我手里的古龙，重新找了一本给我，说你这样的年纪应该读郭靖，而不是李寻欢。金大侠的小说开篇写到郭靖资质鲁钝，所以他习武就坚持一个“苦”字，咬紧牙关，埋头苦练，每日对着树和石头，

一掌又一掌地全力劈过去，可惜仍然不得要领，进步缓慢。黄蓉学“逍遥游”一点即通，郭靖学“降龙十八掌”却让洪七公抓狂。好在郭靖既有自知之明，又从不气馁，所以最后承袭洪七公，在武学上的造诣令人望尘莫及。被尊为“侠之大者”的不是绝顶聪明的黄蓉，却是这个笨笨的郭靖。

我寻思着该去烧晚饭了，打散了蛋液，往里头搁了几枚剥了壳的黑虎虾，放了蛤蜊和鲜贝，又切了秋葵撒在里面。吃晚饭的时候，从锅里端出了蒸盅。小满揭开盖子，惊喜得“哇”地叫出声来：“妈妈快看，有好多好多小星星啊。”她拿勺子挖出小星星，放进嘴里亮着眼睛说：“是秋葵星啊。咦，还有大虾吗？蛋羹里藏着好多宝贝耶。”她拿着勺子满足地往嘴里送东西，不时地因为找到未知的好东西而满心欢喜。

“你还难受吗？”我把饭递给她，她鼓着嘴巴抬头望了我一眼，“还有一点，不过已经好多了。”“其实只是需要一些时间，难过就会慢慢消失。”她若有所思地点点头，“好像真的是这样，妈妈。”我坐在她身边，也给自己盛上饭，“不过我在想‘尽力’这个词，你不觉得‘尽力’是一个没有边际的词语吗？”她摇了摇头。“我们常说尽力了，指的只是今天或者今天之前的那些日子，但是还有明天，还有未来的很多天啊，还有那么多没有到来的日子等着我们去尽力呢。”

“如果每一天都尽力了还会失败吗？”她很认真地问我。我摇了摇头，“妈妈也不知道，有可能还是会失败吧，但是我始终相信一个努力的人会格外受到好运的青睐，而且也会有很多意外的收获。”“比如呢？”“比如你每天都尽力练习跑步，虽然还是没能参加比赛，但是把身体练成了‘小铁蛋’啊。”她倚着我哈哈大笑：“那你陪我去练习跑步好吗，不过我不要当‘小铁蛋’，我要当‘花仙子’。”

过了几天，我去接她放学。她远远地朝我挥手，小跑着出来乐呵呵地说：“妈妈，真的有好运降临呢，我可以去跑接力赛了。”

对于每一天都在尽力的人，生活中真的会有好运降临，就像遇上黄蓉的郭靖，就像蛋羹里的秋葵星，带来意外的喜悦和欢欣。这些意外的小星星说不定就会给你指出一条奇妙的人生大道，谁说小概率事件不会发生呢？

秋葵炖蛋

配料

鸡蛋

秋葵

虾

盐

步骤

Step 1
两个鸡蛋磕开，打散，
加入温水，继续打散

Step 2
秋葵洗净切片，大虾剥壳去线

Step 3
将虾仁放入蛋液中，加入适量盐，将秋葵铺在蛋液上面

Step 4
上蒸锅，先大火等水沸腾，转小火五分钟即可

扫一扫，看视频

霜降

秋梨膏

也想抬头看看“此时此刻的云”
也想抬头看看“漫天漫天的星”
自由呼吸本为我们天生的权利
不能被所谓的雾霾剥夺

最近几日的天气一直阴沉沉的，压得人胸口发闷，隔着窗看到外面灰蒙蒙的一片。清晨簌簌地下了雪粒子，风刮在脸上火辣辣地生疼。

早上临出门前，特意泡了一暖杯的秋梨膏。长柄的银勺舀出两大汤匙膏，兑入温水，浓稠的琥珀色液体慢慢化开，小银勺碰到杯壁发出叮叮当当的响声。我给小满倒满了保温杯，让她带去学校。秋梨膏是小爷爷上周刚寄来的，里头还夹了一张便笺，铁钩银画地写了一排小字：安得世间双全法，不负如来不负卿。

当时我捏着便笺“扑哧”笑出声来，这个可爱的老头，一定是因为我在电话里不断跟他抱怨糟糕的空气，看我怒气冲冲的样子来宽慰我呢。可是空气真的好差，喝完了一大半秋梨膏，还是握着电话跟他抱怨：“小满前两天又说嗓子疼了。”小爷爷在电话

那头低低叹了口气道：“下次得给你们加点川贝，最近出去记得戴上口罩。又要蓝天白云，又不愿丢掉飞速发展的经济，这么贪心，哪里来的两全呢？”

可是人呢，总是绕不开贪心。

想要烹茶煮酒、夜听风雨，又舍不得庙堂的风云叱咤；

想要傲骨铮铮、风烟俱净，却终抛不开五斗米的困扰；

刚立志要甩掉一身肥膘，做个骨骼清奇的俏佳人，又埋在羊蝎子、小龙虾中难以自拔。

“两全其美”这样的词，看着美妙，做起来实在很难。

下午去接小满放学，她站在队伍的最前头，有点怏怏地走出来，“你今天是领队哦？很神气嘛。”她望了我一眼，点点头：“今天是我整的队伍，可是，我还想举班牌。”我留意到她身边虎头虎脑的男生高高地举着写了班级的大牌子。我笑着问她：“你是怎么整队的啊？”她听我一问又来了劲儿：“我就喊立正，向前看齐，向前看……”“一定是你的声音很棒，才让你整队的吧？”小满有点骄傲地点了点头。“小男孩力气大所以举牌子，对不对？”她偏着头望了我一眼，自顾自地点了点头。“所以，这样的搭档很完美，你觉得呢？”“嗯！”她眨巴着眼睛又开始雀跃起来，“妈妈，你明天还来接我好不好，我明天还是领队，如果你早点来，也许还能听到我整队的声音呢，还有啊，我出来的时候跟你挥手好不好？”“当然好啊。”她的眉眼弯弯，笑得一脸灿烂。

我牵着小满的手走入这滚滚红尘。宇宙浩渺，乾坤朗朗，人世间的好东西实在太多，“两全其美”固然皆大欢喜，但“收之桑榆失之东隅”才是人生常态。太过贪心，欲求不满，生命的日常与欢喜怕是很难体会到了。

秋梨膏

配料

梨

冰糖

罗汉果

红枣

姜

步骤

Step 1
梨洗干净（10 个）
去皮（皮留用）

Step 2
梨肉切块，放入搅拌机
打成梨泥

Step 3
2 个罗汉果捏碎，
20 枚红枣切小块，
一大块姜切丝

Step 4
梨泥倒入大锅，加入罗汉果、
红枣块、姜丝、冰糖适量、
梨皮、水，大火煮沸转
中火 30 分钟

Step 5
将梨汁过滤

Step 6
小火熬制，适时搅拌，
（如有咳嗽，熬制时
可以加入川贝粉）

Step 7
凉凉装瓶，冷藏保存

扫一扫，看视频

冬

Winter

立冬 小雪 大雪 冬至 小寒 大寒

立冬

红豆糕

人有执念　一半分予相思

红豆红豆　入骨相思

盼君予红豆　长相思

年前去京都，坐五路车绕很长的路去三千院，下了车沿着山路迎着漫山遍野的雪往上走，雪粒子簌簌地扑头盖脸落下来，掠过耳际，没过鞋面。雪中的寺庙楼台像是聚拢了仙气，一行人一时走得忘了情，直到湿了鞋袜、冻麻了手脚，才慌忙拐进了路边一家歇脚的茶坊。

接待我们的是位上了年纪的老太太，穿着浅驼色的粗毛线衣，脖子上围了大红波点的脖套，她的头发梳得很整齐，拢在脑后绾成了一个小小的髻。眉眼弯弯地微笑着递上来几碗还冒着热气的点心，几颗玉色的糯米圆子卧在煮得软糯的小红豆中，盛在冰蓝色的碗里头，配上外头裹了一层松黄豆粉的碧绿的艾草糕。茶几上是清水烧的套杯，琥珀色的汤水里隐着几颗茶色的梅子，远处的粗陶瓶里斜插了几株梅花，淡彩斑斑。外头是满山连绵不断的

白，里头却似开了个小小的染料铺，暖洋洋地热闹着。

我们不约而同地想起了京大后面的吉田山，山顶上有座古朴的木造二层楼建筑，隐在苍松绿植中，上头挂了块木头牌子，用汉字写着“茂庵”。脱了鞋子踩着咯吱咯吱的木头台阶上楼，阳光透过木格子的大窗户照进来，树影斑驳，虫鸣鸟叫，相映成趣。主人家在吧台忙碌着，拿出刚翻烤好的焦黄的松饼，托在天青色的古瓷盘上，淋了一圈巧克力酱，顿时一股子奶香弥漫开来。隔着玻璃远眺，便是整个京都。天浩浩，日融融，皆是漫漫岁月滚滚红尘。

妈妈常说，生活才是最美的艺术。

有一次在露台上和妈妈一起种花，朋友割爱了一盆玉露锦，玉色剔透，止不住感叹美得不可方物。妈妈在一旁摆弄小葱，又把新蒜埋进土里，笑着跟我搭腔，“古人说指如青葱、手似玉笋，你看我这些小葱长得娇滴水嫩，比貌也输不了你的玉露锦，可这细长绿玉还能烧菜煲汤，添香增色，你的不可方物总归是输给我这世间俗物。”一时语塞，看着妈妈剪了葱段扬长而去。

年三十的时候一家人包饺子，我帮着擀皮，总是擀得又急又快。妈妈抽走我手中的擀面杖说，“要又圆又薄的皮才好用，包出来的饺子才白胖漂亮，你啊就是心急。”我乖乖地垂手站在一旁，看着面剂子在妈妈手里慢慢地变薄变圆，像舒展开的圆荷叶，一朵朵地开满了木头砧板。恍惚中，连这寻常的面皮都别样生动好看起来。

这些天效仿三千院茶坊的老太太，也支了口小锅熬了稠稠的红豆，里头卧了糯糯的圆子，稠稠糯糯，红红白白，用水玉色的荷花碗盛着，还在上面淋了槐树蜜。多余的豆子做了红豆糕，捏了两块放在雪白的水滴瓷盘里，把它们搁在榉木托盘上，配了把锻银的樱花勺。小满忍不住跟我说，妈妈，我都舍不得吃了，漂亮得简直像幅画呢。

对啊，生活中有无穷无尽的美，而最美的艺术就是最寻常的生活。

红豆糕

配料

红豆

黄油

冰糖

模具

步骤

Step 1
红豆洗干净，一份红豆、两份水，放入锅中熬煮约一小时，煮至豆子软烂即可起锅

Step 2
红豆煮好后放入打汁机打烂，
注意尽量打得细腻一些

Step 3
将红豆泥放入炒锅，根据个人
口味加入适量的黄油和冰糖翻炒，
（一般 250 克红豆加 30 克黄油，
建议边炒边尝一下味道）

Step 4
炒至红豆泥抱团

Step 5
揉搓红豆泥，
放入模具压型

扫一扫，看视频

小雪

蒜蓉粉丝虾

每日都在拥抱琐碎的生活
每日都在日常温情中浪费岁月
但这好像是一场
值得一生的浪费

一直很喜欢小津安二郎的电影，镜头里都是些再平常不过的日常，家人围在一起闲话；厨房灶台上跳跃的火苗和卧在锅子里嫩嫩的厚蛋烧；母亲弯着腰打理家务的背影；阳光洒在樱花上，风一吹斑斑驳驳地碎了一片。本来就是啊，世间哪来那么多惊天动地，不过是柴米油盐、一日三餐，守着花开花谢、冬去春来。

昨日，妈妈带来了一大罐熏鱼，酱色的鱼块整齐地码放在马口玻璃罐里。她边拿筷子挑出来装盘，边絮絮叨叨地说：“卤鱼块的红糖是你小姨特意在乡下托人熬的，还有大半罐给你搁餐边柜里了，可以切些细细的姜丝泡水喝。前两天我看超市有镇江恒顺的陈醋，赶紧买了两瓶，这次做熏鱼刚好派上用场，这醋真是香啊，红糖的焦甜都快要逊色了。哦，对了，你小姨还寄了些大虾过来，说叫什么‘越南黑虎虾’，是你表弟单位发的年货。你

小姨说他现在戒游戏了，上班还挺勤快。上个月刚处了个对象，女孩小他两岁，属马，你表弟不是属龙嘛，龙马精神，你小姨心热得不得了，我劝她不要帮倒忙，顺其自然就好……”

我坐在餐桌旁，边听着这些碎碎念，边用手抓了熏鱼吃，天晓得我以前有多厌恶家长里短。但是此刻，在这样悠然的时光里，俗世的柴米油盐、爱恨情仇，影影绰绰地就在眼前，那么生动，又那么真实。

妈妈还在有一搭没一搭地跟我闲话，她问我黑虎虾怎么吃，我说开了背铺上粉丝蒜蓉蒸吧，出锅的时候会弥漫整屋的蒜香。

我又从冰箱里取了梅子酒，是五月黄梅天时泡的，已经微微泛了黄，闻着清洌，喝着甘甜。窗外有鸟儿在叫，叽叽喳喳脆生生的，边上的白色小音响里放着《女儿情》，万晓利的声音幽幽地落到尘埃里。

我发现自己越来越爱逛菜市场了，处处的喧闹吆喝，一地的红果绿瓜，扑面而来的人间烟火，边上包子铺的蒸笼盖刚揭开，氤氲的热气罩着行色匆匆的路人，看着一堆人为生活而辛勤努力，再多的矫情和做作都掉落一地。猛吸一口咸腥的空气，不禁感叹，这才是俗世的生活味道，才是最动人的琐碎细腻。

想起小姑，她说她的终极目标是做一名风姿绰约的主妇，穿着琵琶襟的旗袍，上面有镂金百蝶，要搽香奈儿五号的香水，前调是茉莉，中调是鸢尾，然后站在炉灶前，亲手做出一样又一样食物，亲手把每一粒灰尘拂去，把家布置成理想的模样，日常中的琳琅都要被温柔相待。日常是最美的生活，似水流年中有千姿百媚，也有惊天动地。把最美好的年华浪费在最日常的琐碎中，这样的浪费，又何尝不令人羡艳？

蒜蓉粉丝虾

配料

虾

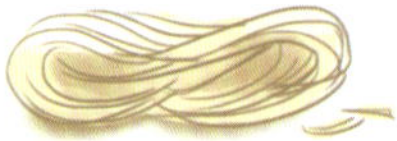

粉丝

大蒜

食用油

酱油

白胡椒粉

步骤

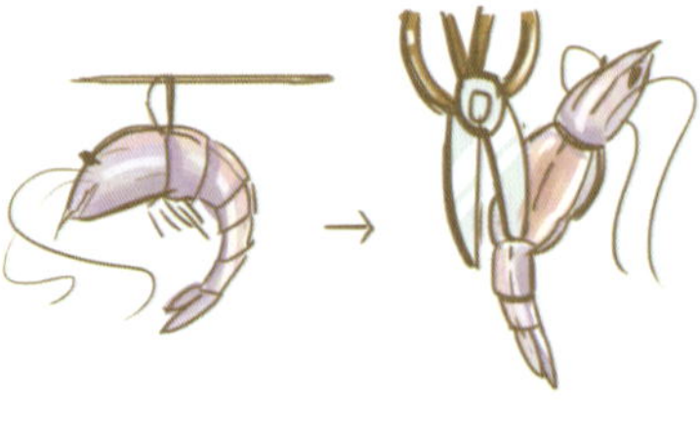

Step 1
虾洗干净后去虾线、开背

Step 2
粉丝用热水泡软待用

Step 3
粉丝铺在盘子底部，
开背虾平放在粉丝上

Step 4
大蒜剥皮，压成泥待用

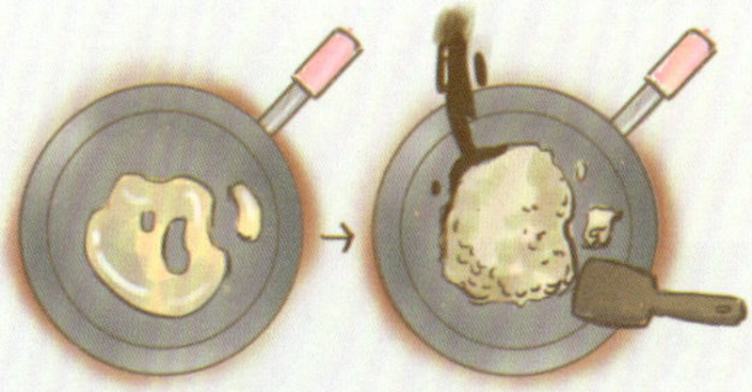

Step 5
热锅加入三汤勺油，
加入蒜泥大火翻炒，
加入适量酱油继续翻炒

Step 6
加一小碗水，
待水冒泡加入白胡椒粉

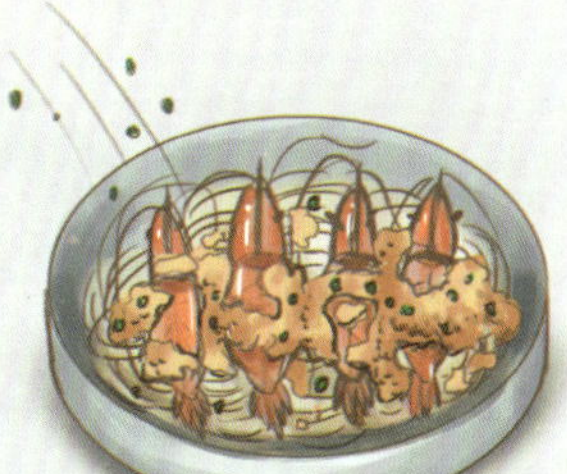

Step 7
将做成的蒜泥倒在铺好的
开背虾上，上锅蒸七分钟

Step 8
最后撒上葱花，
完成

扫一扫，看视频

黑芝麻糊

大雪

一股浓香　一缕温暖

光阴与年华曾改

但记忆里的香甜

是我们能守住的唯一的永恒

小时候，在物质比较贫乏的年代，仙女妈妈们也能变着法儿地用简单地道的食材做出各种好吃的小零食。这些在如今看来略显粗糙的食物，却是童年里再珍贵不过的美好记忆。

记得每次妈妈买地瓜，总会留出一块模样漂亮的切成薄片，放进热油锅里炸得通体金黄，捞出来脆邦邦地蘸着白糖吃。土豆也可以如法炮制，咬下去嘎嘣作响，满嘴的香脆末儿伴着糖渣子。还有金橘，等到快落市时，妈妈就会提一大袋子回来糖渍。先用粗盐细细擦了皮，从果蒂往下划六道口子，放在手掌心轻轻一压，籽儿就自己蹦出来，手心里开了一朵小金橘花。然后拿出一个大玻璃罐子，一层金橘花一层白糖填起来，隔天倒入洗净的锅中，加几大块老冰糖小火熬稠了，入口甘洌清香，能从春花烂漫吃到层林尽染。

妈妈还有一个拿手绝活——择子豆腐，那是她小时候跟住在东阳的姨婆学的。姨婆做的择子豆腐是毛栗壳色，韧而嫩滑，妈妈说那是她小时候尝过的一等一的美味。做择子豆腐最考验耐心，要上山寻一种叫作“石栎”的野果子，放到太阳底下晾晒，然后去掉硬壳，脱掉果肉外面的红衣，放到大水缸里浸泡十几天，等果子都涨足了，才能上磨碾浆。乳白色的果浆被一勺一勺慢慢地倒入纱布袋内，过滤掉杂质。等全部都过滤好，便在水缸里加满清水，因为择子粉浆还要反复澄清。最后将澄清的粉从缸中捞出翻晒，晒得用手轻轻一捏就能成块散掉的时候，择子粉便算完成。择子粉要用凉水调成糊糊，再入热水中小火翻搅，待到成半透明状就可以倒入干净的容器，凉凉切成块浸在凉白开里。想要吃的时候舀到小碗里，加些红糖，淋些蜂蜜，妈妈还喜欢往里头洒些陈醋，酸酸甜甜，软滑爽口，一咕噜滑下喉咙，整个人都觉得神清气爽，百暑消尽。

还有一样印象颇为深刻的食物便是黑芝麻糊了。我小的时候头发稀疏、黄细，妈妈立志改善闺女先天的不良基因，所以每次见到街上卖黑芝麻的小摊都会主动凑上去囤一批。隔段时间就在煤球炉上炒些黑芝麻，放在石臼里碾成粉末，和着炒熟的糯米粉一起装在铁皮罐里，每天晚上舀两大勺，再加一勺麦乳精，搁搪瓷杯里拿滚烫的热水一冲，又香又糯，一大碗下肚，周身暖洋洋的，妥帖又舒适。后来电视上放南方黑芝麻糊的广告，也跟风买

了来尝，跟妈妈做的比起来终究是逊色的。

这些简单却用心的食物，虽然没有华丽的包装，偶尔还显得粗拙，但内里填满了巧手妈妈无微不至的爱。每次看到小满缠着外婆做糖渍金橘、择子豆腐时，就好像看到小时候的自己。在那个物质简约的年代，因为有妈妈牌零食的陪伴，不但没有感受到一丝遗憾，反而更欢快幸福、内心丰盈。这才是零食界真正的无冕之王啊！

黑芝麻糊

配料

冰糖

糯米粉

黑芝麻

红枣

核桃

步骤

Step 1

糯米粉小火翻炒，炒至微黄出锅待用

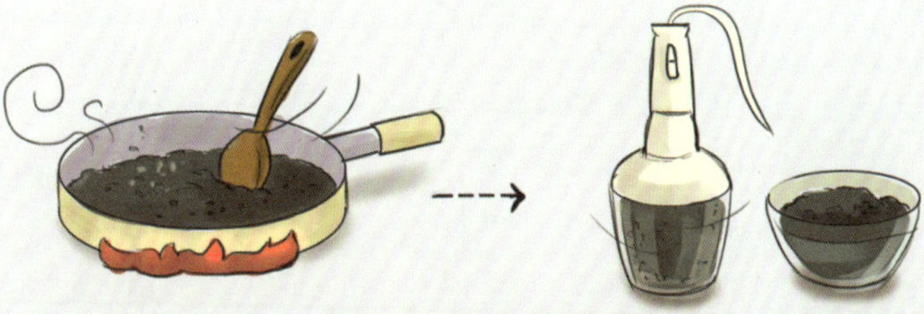

Step 2
黑芝麻小火炒熟，放料理机里打成粉末

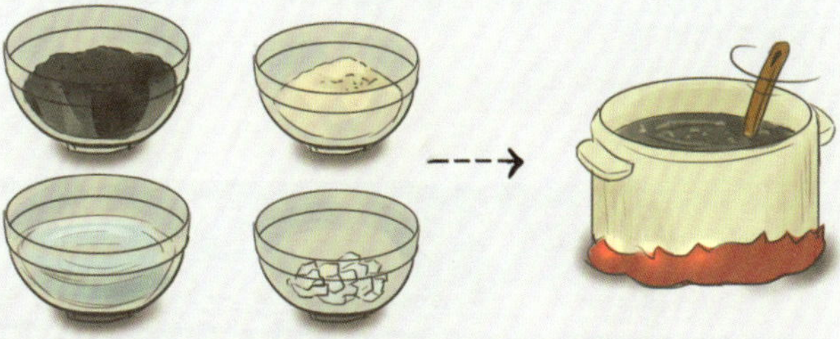

Step 3
将炒熟的糯米粉、芝麻粉、冰糖和一碗清水倒入锅中烧开，
不断搅拌，直至糯米粉和芝麻粉完全化开
（注：可以将糯米粉在清水中先调匀，防止结块）

Step 4
煮沸起锅，加入核桃肉和红枣肉即可

扫一扫，看视频

冬至

糖葫芦

小时候爱吃糖葫芦
无论是堆起来的寒假作业
还是朋友之间的赌气打闹
没有一串糖葫芦解决不了的烦恼

每天最快乐的时刻，就是去接小满放学。

远远地，她就使劲朝我挥手，背着半人高的大书包，提着装美术工具的手袋，咧着嘴笑得一脸灿烂。

我举着小兔饭盒跟她打招呼，她俏皮地回应我一个鬼脸，然后指着她鼓鼓囊囊的右兜，得意地眨着眼睛。我知道，她又有好东西跟我分享了。

小满的学校每天都会有餐后水果或者点心，每次她总会神秘兮兮地从口袋里掏出好吃的：几颗龙眼、一个橘子，或者糖果、饼干之类。我呢，只要有空就会给她准备放学便当，有时是梅子柴鱼花饭团，有时是加了金钩虾米的鸡蛋烧，或是她最喜欢的盐渍三文鱼。

我们俩在校门口交换食物，她一边津津有味地往嘴里塞东西，

一边还不忘一个劲地夸赞：“妈妈，我觉得你今天的鱼煎得刚刚好，上面的青醋汁也特别香。”我剥了瓣橘子放进嘴里，对她说：“我觉得今天的橘子又大又甜，特别好吃。”“真的吗？”她也朝自己嘴里塞了一瓣，咕噜吞下去后得意地说，“我帮老师一起擦饭桌，老师奖励我的，我特意留给你呢。”

我们牵着手迎着暖暖的夕阳回家，在日复一日的琐碎平常里，彼此惦记着，真好。

想起了我的爷爷和奶奶。我的奶奶有眼疾，医生一直叮嘱她对甜食忌口，可奶奶偏生爱吃甜食。每次爷爷都会埋怨她，不要吃糖了，糕点也不要吃了，多喝水，不要老看电视，也不要费神看书了……可他又会说，你高兴就好，不用太在意。

记得小时候爷爷给我买糖葫芦，每次吃到只剩最后一个山楂果时，他就会对我说：“囡囡，最后一个留给你奶奶吧，她最馋

糖葫芦了。”然后就从我手里夺去。

有次小姑在苏州黄天源排了三个小时的队，带回来百果蜜糕和海棠糕。爷爷又巴巴地收了起来，只留了两块给我们，还说你们分着尝尝味道就好，你奶奶最爱吃黄天源的糕点了。

后来因为眼疾加重，奶奶右眼的眼球被摘除了，但她没有丝毫病痛的怨气，偶尔还会偷偷地吃块糖，还不时拿着放大镜看书看报。她坚持下厨，会因为油红的鲫鱼上没有一把翠绿的葱花而恼火，也会因为新买来的番茄饱满明艳而欣喜。每次蒸鱼，奶奶总会铺一层姜丝去腥，但是上桌前她都会戴上老花镜，眯着仅剩的左眼，把姜丝一根根挑出来，因为爷爷最讨厌吃姜。

在这喧腾腾的人世间，被一个人在心窝窝里始终记挂和惦念，纵使万水千山、艰难险阻，也一定能感受到最真的暖。

糖葫芦

配料

山楂

白砂糖

竹芊

步骤

一、洗山楂

二、串山楂

三、熬糖浆

Step 1
白砂糖或者绵白糖加水，
一份糖、两份水

Step 2
大火煮沸转小火，
一直熬到颜色微黄

（注：可筷子沾一下放入凉水，咬下去硬脆即可）

四、浇糖浆

舀取糖浆浇到山楂上，凉凉即可

扫一扫，看视频

小寒

腊八粥

回忆若是有气味的话
一定是樟脑的香
甜而稳妥 记得分明的快乐
甜而怅惘 像忘却了的忧愁

小时候在家，妈妈会熬超级豪华版的腊八粥，除了各色豆子，还要再加百合、红枣、桂圆、松子、葡萄干、芝麻、核桃之类，好像要借着这些食物，把吉祥如意、平安喜乐都喂进我们的嘴里。后来在杭州念书，每年腊八都会去上天竺的法喜寺。庙里这个时候都会施粥，熬得浓稠黏糯，拿白瓷碗盛了虔诚地捧过，热乎乎地喝尽一碗，觉得仿佛回到了小时候，无比踏实满足。腊八粥甜甜糯糯的味道还跟从前一样，只是跟妈妈做的比起来，总归还是逊色了。

光阴似箭，刚刚才青涩茫然、小试新春，转眼就柿如红霞、霜降大地了。而那些记忆深处的味道，不知不觉地成了长大之后魂牵梦萦的念想。

记得小时候，家家过年都会做春卷。南方的春卷不同于北方

的春饼，外头是层极薄极透的饼皮，做饼的人手里拿块柔软的面团，在烙红的铁板上轻轻地一滚，然后用小平铲子顺势刮匀，沿着边缘轻轻一拉，便揭下一张纸般薄的饼皮。里面的馅也很有讲究，一定得是田里挖的野荠菜，个头大大小小参差不齐，洗干净放在砧板上噼里啪啦一剁，和着碎香的干肉末子往油锅里一翻，就是最地道的春卷馅。妈妈包的春卷特别精巧，细细长长均匀的一条，放进油锅里炸得通体酥脆，蘸一点镇江老陈醋，一口咬下去，嘎嘣作响，金黄的脆皮搭配香气四溢的野荠菜，满齿留香。

春卷也是我小姑姑的最爱，她大我十岁，我们却最志同道合。除了春卷，油墩子也是我们的心头好。做油墩子要用调稀的薄面糊，用小圆勺舀一勺面糊倒入椭圆形的铁勺中，加入切细的葱花碎和白萝卜丝，有时还会加些虾仁或者肉糜，之后再舀一勺面糊覆上入油锅炸。一个个小油灯盏在热油里呼哧呼哧地冒着泡，等捞起来时外焦里嫩，吃起来热乎乎的，格外香脆有味。

后来小姑姑去国外念书，留在那里工作成家，连奶奶过世都来不及赶回来。我们隔着整个太平洋通话，电话那头她沉默了很久说，“我真是不孝。”

她寄信给我，拆开一看是《与朱元思书》的开头四句：“风烟俱净，天山共色，从流飘荡，任意东西！”她絮絮叨叨地念着：“我可真想家。”

旧日尘烟、似水流年，满纸的凉意与惆怅，她说昨日做梦，梦到小时候药行街口油墩子的小摊，挑开外皮，里头都是嫩出水来的萝卜丝，一口下去就给烫醒了，枕边湿漉漉的一片，不知道是口水还是泪水。

求不得、爱别离，旧日的时光像凝固了的豆腐，软绵绵的，咕噜滑下喉咙去，什么滋味都不知道，可明明已经吃了。不过好在记忆犹存，可以不时拿出来熨烫，慢慢熨平那些百转千回的褶皱。

腊八粥

配料

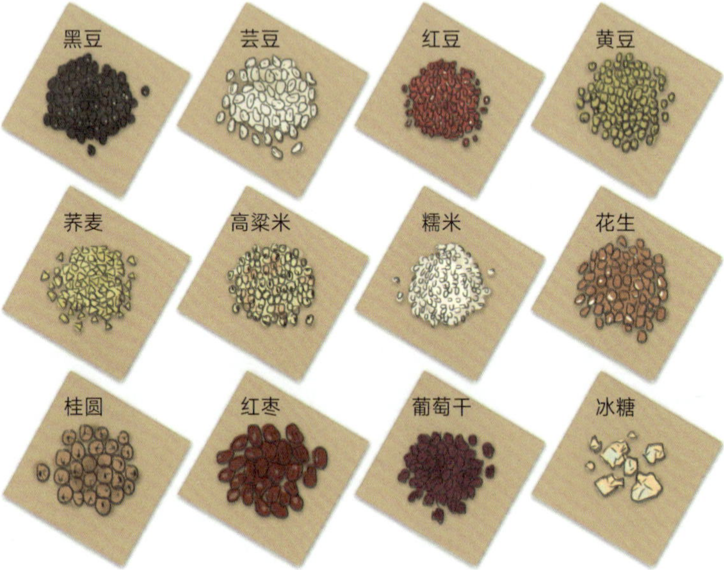

步骤

Step 1
食材倒入砂锅中，加入冰糖，
（食材洗净后可在水中泡一个小时）

Step 2
大火煮沸后转小火煮两小时左右，（也可以用家中的炖锅或者电压力锅）

Step 3
红枣切成小块

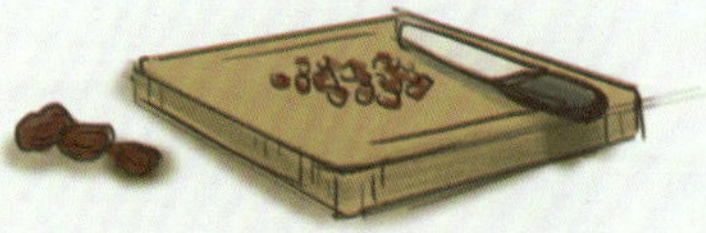

Step 4
最后加入红枣和葡萄干搅拌，完成

扫一扫，看视频

传统
中国年

大寒

一年一岁

我们越长越大

传统中国年

要一辈一辈地传承啊

昨晚接到小姑的电话，她问我旅游回来了吗，我说刚到家正收拾呢。我看了下表问她：这么早就醒了吗？你那边应该才凌晨四五点吧。她说刚到四点一刻，却睡不着了，想起以前在家，现在该是最忙活的时候了。我们在电话两头一时默然，要过年了。

那时候过年，盼啊盼啊，期待了整整一年。每年吃完祭灶果，新年的准备工作就要开始了：扫尘洗晒，满院子花花绿绿晾了一地；鸡鸭鳗鱼、酱肉腊肠都一样样挂上屋檐；烟花炮仗、红包新衣一件件添置齐全；对联、斗福、窗花、灯笼也绝不能落下。

我爷爷包办了四邻八舍的春联斗福。爷爷写春联的阵仗很大，要在小院的明堂摆上八仙桌，搁上珍藏的广东肇庆端砚，弹三滴清水，用胡开文墨锭细细研开。用的笔是他最喜欢的七紫三羊长锋兼毫笔，我和小姑就歪着头趴在桌子两旁看，顺带帮他把洒金

的红纸扶正。爷爷写字又快又稳，黑色的墨汁点画间扫过烫金的缠枝莲，泛着油亮的光，真是好看。爷爷说字如其人，他的字挺拔遒劲，有股隐隐的凛然之气。他常说做人如同书法，软笔硬字、外柔内刚。我问他怎样才叫“外柔内刚”，他哈哈一笑，摸着我的头说：不说硬话，不做软事。

等爷爷把四邻八舍的对联福字写完，就是我和小姑格外期待的熬糨糊了。奶奶会帮忙支个红泥小炉，里头填满了烧得发红的炭块。我们总会趁爷爷不注意，悄悄往里头埋两个小地瓜，等爷爷把调好的面糊搁在炭火上，我们就用长柄木勺不停地搅拌直到起浆，然后拎着糨糊和爷爷一起费上老大劲儿把大门两边已经褪色的红纸撕掉，重新刷上新糨糊，把崭新的春联瓷瓷实实地贴上。

而那些写春联裁下来的边边角角的洒金红纸，奶奶都收起来，剪成各种样式的窗花。奶奶手巧，双喜团花、蝴蝶角花，花样翻新。我和小姑也装模作样跟着乱剪一通，或者剪几个小红圆片贴在眉心、耳垂上，扮作戏文里的人。奶奶笑着看我们嬉闹，又教我们念李商隐的诗：“镂金作胜传荆俗，剪彩为人起晋风。”她总说一家人别离得太远，即便各自营生，过年也要聚在一起，可谁能料到小姑后来漂洋过海走得那么远。

今年圣诞节她发照片给我看，在满屋子圣诞树、彩球、玻璃纸的映衬下，落地窗上贴满了大大小小的红色窗花，院子门口贴了副对联：“春回大地，福满人间”，横批是两个字：“团圆”。我笑话她不中不洋，她很认真地回复我，这叫仪式感。

元旦的时候，她在朋友圈说和孩子们一起包饺子，是卷心菜和猪肉馅的。她说好想念小时候的荠菜猪肉饺，可惜找不到荠菜，不过没关系，孩子们觉得卷心菜猪肉馅也很好吃，到时候可以边看春晚边给孩子们准备饺子大餐了，中国人过年怎么能不吃饺子呢？我看得不觉湿了眼眶，急忙点了赞。

大年三十的年夜饭，奶奶一定会包荠菜猪肉馅的饺子。白白胖胖地铺满了盖帘，还有摆得满满当当、承载着各种美好寓意的一桌子菜。大人们觥筹交错，互相说着祝福的话；小孩儿们欢天喜地穿梭于席间，左手拿着瓜果，右兜塞了蜜饯，举根小香你追我赶地点小鞭炮玩儿。等大人们下了桌，大家围在小院的明堂，噼里啪啦地开始放大炮仗，忽明忽暗的烟火映着大家喜气洋洋的笑脸，新的一年要平安喜乐、万事如意。

这样隆重的仪式感，如今回忆起来竟然如此美好与温暖。这般踏实的烟火气，是凉开水里加入的蜂蜜；是埋在白米饭里头的腊肠；是平淡生活中大大小小的星星。而我们都该努力让它们一闪一闪亮晶晶。

那么，让我们和孩子们一起，继续像这样有仪式感地过个大年吧。

大红灯笼挂起来

威武门神贴起来

大红对联贴起来

大红福字贴起来

大红窗花剪起来

白胖饺子包起来

大红鞭炮放起来

扫一扫，看视频

后记

小满妈妈

十月的空气嗅着总有些若有若无的沁香，窗外的木栾树顶都被染成了红色，夕阳斜斜地洒进窗台，铺了薄薄的一层金光，灶台上正煮着红豆圆子，咕嘟咕嘟地吐着热气。

小满坐在边上剥核桃，抬头笑嘻嘻地跟我说话："妈妈，今天老师教了新诗，你想听吗？"我点头，她便脆生生地念起来："蓬头稚子学垂纶，侧坐莓苔草映身。路人借问遥招手，怕得鱼惊不应人。"她的尾音拖得长长的，还是小时候讲话的调子，可眨眼间，眼前坐着的已是二年级的小学生了。

时光煮雨，深深浅浅的岁月里，都是光阴日复一日的深情。

一年前的现在，也是木芙蓉沉甸甸的时候，我叫了几个学生到办公室，跟他们说我想要做一档节目，来记录琐碎寻常中的那些美好亲子生活，问他们愿不愿意一起来做，他们欣然应允。这些个二十来岁的年轻人，善良正直，平和上进，而且都有一颗热爱生活的心。

我们申请了公众号，取了一个有意思的名字——"朝画夕食"。

在这个美育教育极度缺失的时代，我多么想告诉我们的孩子：纵使生活一地鸡毛，也藏不住内里的诗情画意。丁零当啷的柴米油盐、磕磕碰碰的琐碎家事，还可以用爱来包围，用心去经营。黑压压的乌云终会长出闪闪金边，吃完巧克力糖，盒子还可以拿来种花种草。

真幸运，我们的“朝画夕食”一步一步做了起来，其间各种艰辛，自是不足为外人道，总之心存感激。现在把所做的内容集结成册，拿出来与众人分享，有羞愧和惶恐，也有兴奋与紧张。

感谢组里的学生，没有你们便没有今日的“朝画夕食”：陈雯负责手绘食谱，夏琳娜负责卡通动图，林士立负责照片，沈少杰和陈铭宇负责视频的拍摄和剪辑，陆雯瑶负责剧本；感谢老王自己掏钱给我们买了设备；感谢静子老师和编辑老师。

在夜色阑珊的罅隙里，留下这些文字，希望有缘能和大家在“朝画夕食”里偶遇，彼此微笑问好，击掌夜话。兴许还能邂逅几缕微曦，照出内心的光亮和澄澈，如若那样可真是感恩。

2017.10.25 夜

图书在版编目（C I P）数据

二十四节气的味道 / 小满妈妈著．-- 北京：北京
联合出版公司，2018.7
ISBN 978-7-5596-1952-5

Ⅰ．①二… Ⅱ．①小… Ⅲ．①随笔－作品集－中国－
当代 Ⅳ．①I267.1

中国版本图书馆 CIP 数据核字（2018）第 073643 号

二十四节气的味道
作　　者：小满妈妈
选题策划：北京飓风社文化有限公司
责任编辑：郑晓斌　徐　樟
特邀编辑：董碧沙
封面设计：韩　笑
版式设计：田晓波

北京联合出版公司出版
（北京市西城区德外大街 83 号楼 9 层　100088）
新经典发行有限公司发行
电话（010）68423599　邮箱 editor@readinglife.com
北京彩和坊印刷有限公司印刷　新华书店经销
字数 45 千字　880 毫米 ×1280 毫米　1/32　5.25 印张
2018 年 7 月第 1 版　2018 年 7 月第 1 次印刷
ISBN 978-7-5596-1952-5
定价：49.50 元